ほんのちょっと
当事者
青山ゆみこ
JN213050

まえがき

三年ほど前のことになる。

「保育園落ちた日本死ね!!!」

一瞬たじろぐような、語尾のキツいそんなタイトルの匿名(とくめい)のブログをＳＮＳ上で目にした。

二〇一五年十月に発足した第三次安倍改造内閣は、次の三年間で少子高齢化に歯止めをかけ、五十年後も人口一億人を維持し、国民の誰もが活躍できる「一億総活躍社会」を目指すと宣言した。現在、首相官邸ＨＰには、このような文面が掲げられている。

〈我が国の構造的な問題である少子高齢化に真正面から挑み、「希望を生み出す強い経済」、「夢をつむぐ子育て支援」、「安心につながる社会保障」の「新・三本の矢」の実現を目的とする「一億総活躍社会」の実現に向けて、政府を挙げて取り組んでいきます〉

いちおくそうかつやくしゃかい、って！

しんさんぼんのや、って!?

（はぁはぁぜいぜい……）

口に出して読み上げるとこっ恥ずかしいにもほどがある、つるつると磨かれたキラキラ輝く文言がこれでもかと並んでいる。しかし四年を過ぎたいまも、そんな「キラキラ社会」はまるで実現していない。現実は、キーボードをパコパコと叩けば簡単に文字が生まれるように、そうたやすくは変わらないのだ。

「一億総活躍社会」という、（しつこいけど）口にするのも恥ずかしいフレーズが声高に叫ばれる裏で、一向に解消しない待機児童の問題がある。待機児童とは、保育所への入所申請がされ入所条件を満たしているにも拘わらず、保育所に入所できない状態にある児童のことをいう。

　東京都内に住み、夫婦共働きで男の子を育てる三十代前半（当時）の女性が、育休後の復職のため頼りにしていた保育所のどこにも子どもを預けることができず、その状況に悩み苦しみ、怒りに満ちた言葉を発信したのが冒頭のタイトルがつけられたブログだった。

　インターネット上で一気に拡散された彼女の言葉に、同じように「働きたくても働けない」母親などから共感の声が瞬く間に集まり、ツイッター上には「#保育園落ちたの私だ」とハッシュタグをつけた投稿が溢れかえった。

　そのうちに、「#保育園落ちたの私だ」のプラカードを持った人たちが国会前で無言の抗議デモを行うまでになる。「#保育園落ちたの私と私の仲間だ」というネット署名活動には約二万八〇〇〇筆もの賛同が集まった。

そしてついには、山尾志桜里議員が、衆議院予算委員会の場でこのブログに書かれた内容について安倍首相に質問を投げかけるまでに至ったことを覚えている人も少なくないだろう。

匿名でブログを書いた当の本人のネットインタビューを読んだことがある。

彼女は単に自分の心情を吐露したブログ記事が、それほどに影響力をもつことになるとは想像だにしなかったそうだ。

わたしもブログを読んだが、ほとんど叫びのような文面は、磨き上げられた政府のスローガンの対極にある、粗くざらついた言葉の断片の連なりだった。だからこそ、多くの人の胸に突き刺さったのだろう。そこには生身の人間の発する、火傷しそうな熱量が確かに感じられた。

発信者の意図に拘わらず、そうした一人の呟きが、小さなさざ波から周りを巻き込んで大きなうねりへと姿を変えていく。そして「個人の困りごと」が、一つの「社会の問題」として顕在化する。

ブログを書いた彼女は、自分が社会問題の当事者になるなんて考えていなかった。彼女にとっては、あくまで私的な、実生活のなかでの切実な困りごとにすぎなかったからだ。

彼女と同じように保育に悩みを抱える人たちも、発信者に賛同して、小さな呟きにハッシュタグをつけて投稿し、ネット署名をクリックしたにすぎなかっただろう。そのクリックが、社会問題の当事者であることの意思表示となることを深く意識せずに。

でもこんなふうに思う。

賛同した一人ひとりは、デモに参加したり、ネット署名をクリックする前から、子育てに困りごとを抱え、自分の希望する働き方ができないという、生きづらさの当事者だったのではないだろうか。

当事者っていったい「誰」なんだろう。

当事者には「なる」ものなのだろうか。

わたしが初めて「当事者」という言葉を意識するようになったのは、二〇〇五年に出版された『べてるの家の「当事者研究」』という本がきっかけだった。べてるの家とは、北海道・浦河町（うらかわちょう）にある主に精神障害を抱えた人たちが暮らす共同体だ。

当事者研究とは、それぞれが抱えた「生きる苦労」を病気として治療するのではなく、また「回復」というカタチでそれを手放すのでもなく、「自分の苦労の主人公になる」という体験として、当事者が自分自身を「研究」するというユニークな試みだ。

この当事者研究に参加する人がそうであるように、障害や病気、貧困といった社会福祉制度に関連した、いわば新聞記事で見出しとなるような「大文字の困りごと」を抱える人には、自分が当事者だという意識がある。

けれども、家庭のなかでひそひそと語られるだけの「小文字の困りごと」や、口に出さないまま心に秘めたもやもやを抱える人もいるだろう。そんな彼、彼女らは当事者ではないのだろうか。

わたしはこれまで「大文字の困りごと」を抱えて生きてきたわけではない。

数年前に母が病気で逝（ゆ）き、脳梗塞（のうこうそく）の後遺症による身体障害者で、高齢の要介護者でもある父と向き合ったとき、わたしは初めて自分が「介護問題」の当事者であることに気づかされた。

するとそれまでぼんやりと見聞きしていた介護にまつわるあれこれが、にわかに生々しく立ち上がって、自分事として切実に耳に届いてくるようになった。

そういえば、ごく小さな困りごとやふと感じる生きづらさが他にもある。自分でも見落としていたあれこれに目を向けて、ほんの少しの当事者意識をもって改めてぐるりと周りを見渡せば、いつもの景色のなかにそれまで見えなかった風景がくっきりと浮かび上がり、世界の見え方が少し変わっていくような気がした。

わたしは社会の一員として生きている。

というよりも、社会とはわたしが生きることでつくられている。わたしたちが「生きる」ということは、「なにかの当事者となる」ことなのではないだろうか。

自分自身が、自分の生きる社会の主人公になる。すると同じ舞台に立つ隣の人への想像が膨らみ、それまで他人事だったことが自分事として感じられるようにもなる。ごく小さなものだと信じ込んでいたわたしの舞台が、どこまでも広がりをみせていくことに驚きもする。

みんなが隣にいる誰かへの想像力をもつようになれば、まわりまわって思いもかけない方向から、誰かがわたしの小さな困りごとを助けてくれる気がする。そういうのってなんだか素敵で、とてもふくよかな社会に思えるのだ。

ほんのちょっと当事者　目次

第1章

暗い夜道と
銀行カードローンにご用心

自己破産しかけたことがある。

バブルの終わりに

内閣府景気基準日付でのバブル景気後退期は、一九九一年二月から一九九三年十月までとされているが、その真っただなかの一九九三年の春に、わたしは大学を卒業して地元神戸のアパレルメーカーに就職した。

毎月の給与は銀行振り込みと決まっていて、わたしは「社会人になる」と同時に生まれて初めて自分の銀行口座をもつことになった。現在では二度の合併を経て名称が変わったが、当時は三和銀行と呼ばれていた、後に三大メガバンクの一つとなる大手都市銀行。キャッシュカードは、シンプルなものとスヌーピーの柄が選べて、普段はキャラクターものにまったく興味がないのになぜかスヌーピーを選んだ。大手銀行で「お客様」として扱われてどこか舞い上がっていたのかもしれない。

担当のお姉さんは、普通預金口座の開設とともに、積立式定期預金なんかも勧めてくれて、わたしの将来を親身に考えてくれているようだ。そんな彼女が熱心に説明してくれたのが、新社会人向けのクレジットカードだった。二十五歳くらいまでの入会ならこの先もずっと年会費が無料で、いくつかの特典があり、使わなくてもなんの損もない。でもなにかあったときにとても便利だし、海外旅行の際には身分証明にもなるという。そんなに良いものならとりあえず、と気軽な気持ちでクレジットカードをつくった。

なにかあったとき、はほどなく訪れた。

最初は、働き始めて半年ほどが経った頃、秋冬ものが店頭に並び始めて一目惚れしたコートかなにかだったと思う。勤めていた中規模のアパレルメーカーの入社一年目の月給は、手取りで一七、八万かそこらだったと記憶している。まだ貯金もほとんどない。スヌーピーのキャッシュカードで銀行口座からお金を引き出して、月収の半額近いそのコートを手に入れてしまうと、翌月の給料日まで手元に現金がなくなってしまう。

諦めようとしたわたしに、ショップのお姉さんはカード払いも可能だとにっこり笑った。

「いまならボーナス一括でもいけますよ」

ぼーなすいっかつ？

まだクレジットカードの機能をよく理解していないわたしに、翌月払いとなる一〜二回の分割払いなら無金利（利子がつかない）で、ボーナス支給月の返済となるボーナス一括払いにも利子がつかないというのだ。つまり現金で買うのと同じ条件で（なんの損もなく）、いますぐにそのコートを手に入れられて支払いは三カ月も先延ばしできる……まるで夢のようなボーナス一括。

驚き、激しく心を動かされて、まだもらったことのないボーナスの金額も知らずに顔がにやけているわたしに、お姉さんはご丁寧にもリボ払いというシステムまで教えてくれた。毎月定額の少額返済なので負担が軽いのだという。「ただ、ちょっと利子が高いけど……」という声はわたしの耳には届かず、少しずつ返せば良いなんて、なんという親切なシステムなのだろうと感動した。

一度やってしまえばクセになる。

わたしはクレジットカードを躊躇(ちゅうちょ)なく切りまくるようになった。欲しいものがあれば気軽にとりあえず購入して、気がつけば分割払いにボーナス一括、リボ払いを組み合わせて、月々の支払いを調整する高度な技を駆使し、「なにかあったとき」のためのカードがなにもない普段の生活に欠かせなくなり、スヌーピーのキャッシュカードを使う暇がないほど普通預金口座はたいてい空っぽで、通帳記入をすると、給料日の欄だけ瞬間風速的に数字が上がって、また下がっていった。

欲しいものが手に入っても、現金が手元にないというのはなかなか不便なものだ。

思案してひらめいたのが、別の会社のクレジットカードをつくることだった（おいおい！）。正社員で毎月のカード支払いに滞(とどこお)りがなく、同居する親は不動産（実家）を所有しているという条件のわたしは簡単に審査に通り、新たに二枚のカードをもつようになると、三枚のカードを手裏剣(しゅりけん)のように切りまくった。クレジットカードは無尽蔵(むじんぞう)に湧く油田のようにも思えた。しかし再び徐々に資源は枯渇した。

そんなとき、マイバンクである三和銀行からカードローンの案内が届いた。通常のキャッシュカードによる現金の引き出しや、カード利用代金の自動振替時に預金残高が不足する場合、カードローンを申し込んでおけば口座から自動融資されるという、これまた夢のようなシステムだった。迷いもなく申し込んだ。すぐさま融資用の新しい通帳が送られてきた。いきなり五〇万をプレゼントされたような気分になった。

すげーよ。

ほどなく普通預金口座で不足した金額がカードローン口座からがんがん引き落とされていったが、痛くも痒(かゆ)くもない。実感もない。動いているのは通帳に記された数字でしかないからだ。無感覚に身の丈に合わないお金を右から左へと動かした。思春期にぼんやり眺めていたバブルの風景や残り香がそうさせたのだろうか。

いや、ただのバカだった。

じこはさん？

一九九五年一月十七日、阪神・淡路大震災が起きた。わたしの暮らす神戸は大変な状況になった。実家は神戸郊外で一部損壊だったが、職場はポートアイランドという人工島にあり、公共交通機関が復旧するまでは潰れた誰かの家をタイヤで踏みながら車で三宮まで出て、神戸大橋を歩いて渡った。人工島は地盤が沈下し、液状化で約五〇パーセントが泥に覆われた。市街地にあった百貨店もブティックも倒壊などの大きな被害を受け、当然だが買い物どころではなくなった。

地震が起きて三週間が過ぎた頃だっただろうか。まだまだ余震に怯えながら三宮を歩いていると、地震前月の十二月にバッグを購入したショップが半壊し、営業を停止しているのが目に入った。崩れた建物にも強いショックを受けたが、同時に「じゃあ、ここはカードの支払い請求も、もう来ないかも？」とわたしの心に差し込んだ明るい光のそのどす黒さをいまでもぞっと思い出すことがある（当然のことながら請求は来た）。その瞬間、わたしのなかでは「支払い」のほうが地震による被害よりも重要だったのだ。お金にはそういう力がある。

震災から二、三年ほど過ぎた頃、勤めていたアパレルを退職した。なんのビジョンも持たないままに。理由は山のようにあるが、次々に変わるトレンドを追いかけて服をつくる行為は自分を消費されているようで、疲れてしまった。深夜二時まで当たり前のように行われていた残業状況をハローワークで告げると、失業給付は即時に発給され、ほどなく働いていた当時の給与の三分の二ほどの金額が口座に振り込まれた。雀(すずめ)の涙ほどの退職金も出た（と思う）。当面はそれでしのいでいた。

しかしながら、当時のわたしはすでにぼうぼう燃える火の車であった。まったく根拠なく「なんとかなるだろう」と構えていたが、首は一ミリたりとも回るような状況ではなかった。支払いが滞り始めると、クレジットカード会社から最初の頃はやんわりとした文面で支払いを促され、どうすることもできずに放置していると、がんがん電話がかかってきて追い込みをかけられるようになった。それは生まれて初めて体験する、胃が締め上げられるような嫌な苦しさだった。なにをしていても気持ちは重たい。お金がないというのは、怖くて辛いことだった。

電話口のお姉さん（かおばさんか知らんけど）は、意外や親身に相談にのってくれた。柔らかな口調で、さまざまな提案をしてくれたのだ。

とはいっても要約すると内容はシビアなものだ。

分けて払ろてもええよ。

親とか家族になんとかしてもらえや。

他のクレジットカードでキャッシングでもして返せよ。

とにかくなんとか用立てろやー。

借りたものは返さねばならない。どこにも逃げ場のない正論である。残念ながらクレジット会社からの提案のすべてがミッションインポッシブルで、正直にその旨を打ち明けた。

そして恐る恐る訊ねた。

「どうやっても返せない。その場合はどうなるんですか？」

お姉さんは最後通牒のように言い放った。

「自己破産ですかねえ」

「じこはさん？　それをしたら、もうお金返さなくていいんですか？」

「個人の場合は、自己破産手続きにより免責許可決定が出ると、借入金の返済などの責務はなくなります」

「じゃあ、自己破産しますっ」

電話口には明るい声が響いただろう。正直、単語の意味すら理解できなかったが、これでもう支払いに追われる生活に終止符が打てる。そのことが心底嬉しかった。

「では自己破産の手続きのために、お客様の実印をご用意ください」

　じついん？

　この単語も初めて聞いた。実印とは、住民登録をしている地方自治体に登録した印影を押した判子（はんこ）を指す。そして手続きにはその実印なるものが必要だと言うのだ。わたしが自己破産のために最初に与えられたミッションは印鑑登録だ。簡単なことである。

　翌日、地元の区役所の窓口で印鑑登録の申込みをすると、意外な事実が発覚した。わたし名義の印鑑登録はすでになされており、二重には登録できないというのだ。再登録するには現在の登録印が必要だと、区役所の職員さんは、バカ面（づら）を下げた二十六歳の女の顔を不審げにのぞき込んだ。

「わたしの実印ってある？」

　帰宅し、何気ないふうを装って訊いてみると、母の顔色が一瞬で変わった。質問の意図を激しく問いただされ、「なんかヤバそう」とようやく気づいたところで時すでに遅し。その夜、我が家のリビングはお白洲（しらす）となり、父親の厳しい取り調べの結果、わたしのクレジットカード問題が露見した。

　怖くて計算していなかったが（しろよ！）、あれこれ並べてみると、トータルで軽く三桁を超えて香ばしく膨らんでいた金額に両親は絶句し、三枚のカードはその場で父に叩き割られた。子どもの頃から怒られ慣れているわたしでさえ、もう勘弁してくだせえと吐きそうになるほど怒られた。

クレジットで購入することは借金であるという認識ももたず、借金まみれである娘に両親は怒り心頭であったが、そんな年齢にもなって意味を確かめようともせずに気軽に自己破産しようとしていた娘の愚(おろ)かさよ。父と母の表情には、怒りよりも悲しみが強く浮かんでいた。思い出すといまでも胸が痛い。

ちなみに、すでに印鑑登録されていた実印は、当時、父の商売の裏帳簿的なもので使われていたのだろうと推測する。その数年後には父が倒れて商売そのものがポシャったので確かめようもないのだけれど……。

もし、である。

あのときわたしが自己破産していたらどうなっていたのだろう。

自己破産とは、債務者自らが破産申立てをして、裁判所の審理によって認められれば、債務、つまり借金が免責される制度だ。

これには、メリットもデメリットもある。

個人の場合は、破産手続きを行うと、不動産や車などの財産がある場合はまずその売却での返済が基本になるが、手続きが終了した後は債権者から責任を追及されることはなくなる。つまりもう、「カネ返せ」と追い立てられることはない。これがまず一つめのメリットだろう。

デメリットとしては、信用情報機関が保有している個人信用情報に事故情報が記録され、いわゆる「ブラックリスト入り」する。クレジットカードを新たにつくる審査にも通らないし、更新もできない。銀行をはじめとした金融機関で住宅や教育などのローンを組もうとしても難しい。手続き中は金融機関や保険業務や警備員などのいくつかの定められた職業に就く資格を制限される。転居や長期の旅行にも制限がある。

とはいえ、戸籍や住民票などへの記載はないし（官報に記載される場合があるが全員が対象ではない）、選挙権が停止されるわけでもない。勤めている会社が自己破産を理由に解雇することはできない（そもそも自分から言わなければわからない）。破産手続き開始決定後に得た収入も、原則として自由に使うことができる。

そして個人の自己破産のもっとも大きなメリットは、破産手続き後に、支払い不能と認められた場合の多くが「免責許可」を受けられることだ。現状では、申請者の九五パーセント以上は免責許可決定がされていて、借金の返済はもちろん、前述の職業や転居、旅行についての資格制限もほとんどがなくなる。消費者信用取引（カードや貸金業を利用すること）には、ある一定の期間（五〜七年くらい）の制限があるものの、当時もしわたしが自己破産していても、実は日常生活にほとんど影響はなかったのではないだろうか。

こうして書くのも恥ずかしいことにわたしの場合は親に助けてもらった。ただ、もし他に誰も頼れる人がいない場合でも、「自己破産したら終わり」では全然ない。「借りたヤツが悪い」ことは重々承知。でも、それを踏まえて反省した上で、どうしようもない事情で借金を抱えて追い詰められている人には、一つの手ではある。思いあまってブラックなビジネスに手を染めたり、望まないアンダーグラウンドな仕事に就いたりするくらいなら、自己破産したほうが、将来的にやり直しがきく場合もあるはずだ。そういう人のための最終救済手段が自己破産なのだ。

自己破産を勧めているわけではない。でも、「社会的に抹殺（まっさつ）される」的なイメージをもつあまり逃げ場を失ってしまうことも、気軽に自己破産しようとしたわたし同様に愚かなのかもしれないと、いまは思う。

二〇〇六年には、総合法律支援法に基づき法テラス（日本司法支援センター）といった、国が設立した法的トラブル解決のための「総合案内所」が開設された。相談は無料で受けられる。申請手続きを弁護士が行政書士に依頼する場合は費用が掛かってくるが、どうしても弁護士費用などが払えない人には、費用の立て替えも行われている。

まずはそういう場所を訪ねてみてほしい。お金のことって誰にも言えずに抱えてしまう。これは本当にしんどい。人に打ち明けるのはハードルが高いだろうけれど、「自分でなんとかする」ではなく、心底困ったときは誰かを頼るべきだと思う。

裏でつながってんかい！

それにしてもである。

すべての始まりは、いくら世間知らずのバカ娘とはいえ、新社会人に熱心にクレジットカードを勧め、カードローンを気軽に組ませた銀行である。あまりにもえげつなくないか（いやほんまに勝手な話だが）。

バブル景気後退期は、多額の不良債権、いわゆる融資の焦げ付きを抱えてどこの銀行も必死だった。クレジットカード加入のノルマも課せられていたと元銀行マンの友人から耳にしたこともある。

三和銀行も、一九九二年には業務純益、経常利益、当期利益の三部門で日本の都市銀行のなかでトップとなっていたが、実状はバブル崩壊による不良債権処理に追われていたようだ。このあたりはフィクションだけど、三和銀行もモデルとして登場する高杉良さんの経済小説『金融腐蝕列島』あたりにも詳しい（漫画や映画にもなっているのでエンタメ気分で勉強になる）。

もう一つ思い出したことがある。現在も、吉高由里子、福士蒼汰、阿部寛といった人気の俳優らが広告に出ている銀行系のカードローンのことだ。

「無担保」「銀行口座開設不要」「土日祝日・年中無休で審査・受付」「ネットで二四時間三六五日簡単申込み」「安心・低金利」「お急ぎの方は振込融資のご利用で、カード到着前のご融資可能」などと、少しネット検索するだけで、昔のわたしなら即座に喰いついたであろう文面が楽しげに躍っている。どれも身元のしっかりした銀行だ。それを見ているとお金に困ってもいくらでも「手」はあるように錯覚するが、そこには「先」がない。いや、恐ろしい「先」がある。

幾度かの貸金業法の改正により、現在は消費者金融やクレジットカードのキャッシングには年収の三分の一しか貸せないという総量規制があるが、銀行のカードローンにはそれがなかった。

青木雄二さんの描く『ナニワ金融道』じゃないけれど、マチ金やサラ金と呼ばれる消費者金融には抵抗がある人は多いだろう。でも、銀行なら抵抗が少ない。なんとなく信用できる気がする。そんな「気分」をうまく利用した銀行カードローンに手を出す人が気軽に借りる。一時的には助かる。足りなくなれば、かつてのわたしが別のクレジットカードをつくったように、また別の銀行でローンを組むだろう。

二〇一六年、個人の自己破産の申請が前年比一・二パーセント増の六万四六三七件となり、十三年ぶりに増加したというニュースが流れた。

〈自己破産はこれまで、消費者金融などへの規制強化で減少が続いてきた。増加に転じた背景には、無担保で個人に融資する銀行のカードローン事業の急拡大があるとみられる〉

（二〇一七年二月十日配信・時事通信）

なんということだ。またしても銀行め。ぐぬぬ。

さらにこんな裏がある。

銀行カードローンを借りるには、保証会社による審査を受け、保証を受けることが利用条件となる。その保証会社となっているのが、実は消費者金融などの貸金業者なのだ。つまり、銀行カードローンだと信用して借りている先は、実はノンバンク（預金取扱金融機関ではない金融会社）の消費者金融だったりもする。

銀行と消費者金融との提携は、二〇〇〇年前後に始まった。まず最初に消費者金融会社と銀行が共同で消費者向け無担保貸出を行う合弁会社を設立する動きがあり、その後段階を経て、二〇〇四年にはアコムと三菱東京フィナンシャル・グループ（当時）、プロミスと三井住友フィナンシャルグループの戦略的業務・資本提携が行われたという。

　おどれら裏でつながってんかい！

　菅原文太が叫びそうな仁義なき提携ではないか。

　いくらでも借りられてしまう。それはなによりも恐ろしいことだ。自己破産の多くのケースは、貸出額の増大もあるが、なによりその後、雪だるま式に膨れあがる利息が払えずに負債額を増やした人たちなのだ。

　広告では「（大きく）年利一・九％～（小さく）一四・五％」と低金利であるかのように見せ、いくらでも無担保で借りられると声を大にして謳(うた)われる銀行カードローンの年利について、藤田知也さんは『強欲の銀行カードローン』でこう書いている。

〈突出して増えているのは、15％の上限に近い金利か、あるいは少額の貸し付けで15％を超える金利である可能性が十分に考えられる〉

　こ、こえーよ。借りられるからこそ怖い甘いぬかるみにはまると、もう簡単には脱けられない。借りられなくなったことで首の皮一枚でつながったことのあるわたしには、イメージの良い俳優たちが醸(かも)し出す銀行カードローンの、あの一見クリーンな明るさは、現在の貧困大国、日本のまやかしの顔に見えて仕方がない。

そうした背景を受けて、「さすがにえげつないんとちゃいまっか」とばかりに、二〇一六年十月、日本弁護士連合会（日弁連）が「銀行等による過剰貸付の防止を求める意見書」を提出。二〇一七年になってようやく銀行は自主規制を始めた。十月以降は融資の審査がさらに厳しくなり、二〇一八年の一月以降は即日融資が実質不可能になった。このことで、行くところまで行ってしまう人が、少しでも減ったらと切に願う（どの口が偉そうに！）。

少し話は遡る。そもそも現在、三菱ＵＦＪフィナンシャル・グループに統合されているマイバンクである三和銀行は、一九六一年に日本信販と組んで日本で二番目となるクレジットカード会社を設立した銀行でもある（一番目は旧富士銀行）。

一九六〇年に池田勇人内閣が国民所得倍増計画を掲げた。「所得倍増」は、安保後の日本人の目を経済に向けさせたキャッチフレーズだとも言われる。一九六〇年代は、そういうイメージ戦略に踊らされて、日本が戦後復興から本格的な高度経済成長期に突入していった時代だったのだ。

とりたてて贅沢もせずごく普通に暮らしているつもりでも、国民の一人ひとりが大量生産・販売を前に、大量消費社会の主人公になっていった。そんななかでクレジットや金融ローンはごく自然に庶民の生活の基盤ともなり、時代はさらに八〇年代のバブル景気へと流れていく。そしていまや明るく気軽な銀行カードローンが全盛だ。ああ……。

わたしたちは望むと望まざるとに拘わらず、いつだって社会の流れにすでに巻き込まれている。いや、わたしの場合は自分がバカだったというひと言に尽きるし、その上、いまだってクレジットカードをごく当たり前に使っているのだが（だってAmazonもカード決済だし……ごにょごにょ）。

ともあれ、クレジットカードや銀行カードローン地獄による借金で首が回らなくなっても、逃げ場がないと絶対に諦めず、まずは法テラスでよろしく哀愁。必ずそこから抜け出せる道があるはずだから。


という文章をウェブ連載時にアップしたところ、近親者に自己破産した方がおられる読者の方から、自己破産手続きに際する「実印」の必要性についてご指摘をいただいた。

京都地方裁判所に確認したところ、自己破産手続きには、シャチハタ以外であれば認印でも問題ないそうだ。

ええ!!

とおそらく誰よりもわたしが驚いたのだが、可能性として、当時、クレジットカード会社から実印を用意するよう要求されたのは、クレジット会社の債務処理のためだったのではないかということが考えられる。ずいぶんと時間が経っていて確認できなかったのだが……。

実体験に基づくものなので、本文の修正等は行わないことにした。ただ、自己破産の手続きには認印で大丈夫という情報は重要であるため、追記補足します。

というか、認印で良いのなら、当時、わたしは間違いなく自己破産していただろうと思い当たり、脇の下がぐっちょり濡れた……。

私の火の車に乗って一緒に人生経験してみない？
なんとかなるからダイジョウブ
ごおおおおお

第2章

「聞こえる」と「聞こえない」のあいだ

目に見えない弱さ

わたしには生まれつき聞こえない音がある。

遺伝性の高音域難聴で、高い音を受け取りにくい。どうやら父方の遺伝らしく、実家で暮らしていた頃は、冷蔵庫が開けっ放しになっているときに鳴るピーピー音や、ガスストーブを長時間点けっぱなしにすると鳴る笛のような警告音などに気づくのは母と弟だけだった。

冷蔵庫の開放音くらいの音量だと、一メートルほどの距離に近づけば耳が音を拾うので、聞こえないというより、高い音をキャッチする能力が標準より弱いということなのだろう。同じ空間にいても、彼らが反応するものを、父やわたしは素通りする。人は「ある」ものには意識を向けられるが、「ない」ものに気づくことは難しい。「聞こえる」彼らがいて、わたしは初めて「聞こえない」音があると認識できるのだ。

小学校に上がる前、検査のために大学病院に何度か通った。

完全密閉で防音された無音の電話ボックスのような箱のなかに座らされ、耳の奥、というより頭のなかから響いてくる音や、耳の下に取り付けられた器具から響く音を必死に探す。意識を集中していると、そこにない音まで聞こえてくるような気がする。音が本当にそこに「ある」のか。あるいは「聞きたいという願望」なのか。わからなくなってくる。検査結果の聴力と、普段わたしが「どう聞いている」のかが同じかどうかもわからない。「聞こえる」という感覚は実にあやふやだ。

狭い検査室の扉が開くと、無数の音が一気に流れ込んでくる。普段意識していないが、わたしたちが暮らしている日常は、ごく当たり前にさまざまな音に埋め尽くされている。無音の世界を体験する聴力検査は、なによりもそのことを幼いわたしに教えてくれた。

遺伝性の難聴は高音域に限られ、総合的にやや聴力が低いものの「日常には差し障りのないレベル」という判断で、ほとんど意識せずに幼少期、思春期を過ごした。強度の近視だったり、足が少し動かしづらかったりと、同じクラスには目に見える「弱さ」がある子どもがいたが、わたしの「弱さ」は目に見えにくかったので、そのことで注目されることはなかった。

難聴について、再び意識するようになったのは、ずいぶんとあとになってのことだ。聴力ががくんと低下する出来事が起きた。

始まりはただの風邪だった。三十を少し過ぎた頃だったろうか。初めて一人暮らしを始め、月刊誌の編集部で副編集長として昼夜走り回る日々。張り切りすぎて疲れがたまっていたのかもしれない。高熱が続き、近所の耳鼻科に駆け込んで処方された解熱剤や抗生剤などを飲みまくり、丸々三日ほど寝込んだ。症状がおさまると、だるさや倦怠感はすっきり取れたが、なにか違和感が残った。

あれ？　どこかで蟬が鳴いている。節分を過ぎたばかりの厳寒の真冬なのに。

うっそうと樹木が茂った夏の神社なんかで降りそそぐ蟬時雨。あるいは、夜中にテレビ放映が終わったあとに流れる「ざー」という砂嵐のような音にも聞こえる。電化製品の振動音だろうか。念のためにテレビのコンセントを抜き、エアコンをはじめ室内の電源をすべてオフにした。それでも響き続ける音。それが耳鳴りだった。

耳鳴りの音を説明するのは難しい。

「聞こえる」というよりも頭のなかで響くという感覚に近い。自分のなかにある音なので、音源として取り出してイヤホンにつないで共有することもできない。同じような耳鳴り持ちの人と話す機会が増えると、どうやら似たような音が響いていることを知ったが、お互いが同じ音を聴いているのかは確認しようがない。

耳鳴りと同時に「聞きづらさ」も抱えたので、スピーカーの電源を切って静寂を取り戻すように、耳の奥の音を消したい。その一心でドクターショッピングをするようになった。

耳鼻科の町医者から権威ある大学病院まであちこち訪ね歩き、ＭＲＩで脳の検査も受けたが特に問題はない。漢方医には体質を変える漢方薬を処方され、整骨院では首の骨のずれを整え、民間の整体サロンではリンパの流れを改善する施術を受けたが、頭の奥で響く音に変化はない。ある病院では自律神経の乱れを指摘され、三十半ばで未婚で不規則な生活という点に着目したのか、「仕事を辞めて、結婚でもしたら治るかもしれんねえ」と軽い抗不安薬を処方されたこともある。

そ、そんな診断かよ……。

いまならなんちゃらハラスメントに分類されるかもしれないが、父親ほどの年齢の先生が、まるで親戚の娘の生活態度を心配するような口調だったので、なんだか思わず苦笑いした。

確かに三十代に入ってから、働くことが面白くなり、同時に責任も大きくなり、いろんな意味で突っ走ってしまいがちだった。仕事とプライベートをうまく切り替えられず、心身のバランスを崩していたのかもしれない。抗不安薬は飲んではみたものの、顔に湿疹(しっしん)が出てまたストレスが増えそうだったので、ゴミ箱に捨ててしまった。

ちょうどその頃、浜崎あゆみやスガシカオが発症した突発性難聴が話題になっていた。突発性難聴とは、その名のとおり、ある日突然、左右のどちらかの耳が聞こえなくなる病気で、ミュージシャンに限らず、慢性の睡眠不足や疲労の蓄積や大きなストレスを抱えた三十～五十代といった働き盛りの世代に患者が多い。多くは難聴と同時に耳鳴りをともない、日本では年間三～四万人が発症するとも言われている。

わたしの場合はこれには該当しなかったが、突発性難聴は音を感じる細胞の血流障害やウイルス感染が関係していると考えられていて、早期の治療だと治癒率が高い（四十八時間以内、遅くとも一週間が勝負とも言われる）。全体としては約三〇パーセントが完全治癒し、約五〇パーセントは完全治癒までは至らないが改善はする。残りの二〇パーセントはどのような治療を行っても改善がみられない。

実は、夫も二、三年前にやったことがある。耳にはうるさい（自慢することでもないが）わたしがしつこく脅（おど）したせいで、その日のうちに病院に駆け込んで、一週間ほど毎日ステロイドによる点滴治療を受け、幸い症状はおさまった。

また、若い世代にヘッドホン難聴も増えている。世界保健機関（ＷＨＯ）では、スマートフォンなど携帯型のオーディオ機器で大音量の音楽を長時間聞くこともリスク要因だと発表し、音楽プレーヤーの使用などを一日一時間以内に控えることを推奨している。発症すると、聴力低下に加えてこれにも耳鳴りがくっついてくる。

厚生労働省の国民生活基礎調査によると、二〇一三年時点で約三八〇万人がなんらかの耳鳴りに悩まされているという結果が出ているが、程度の差もあり、正確な患者数はわからない。でも、一〇〇人に三人ほどの結構な割合だ。

実際のところ、耳鳴りの話をすると、すぐ身の周りでも同じように悩まされていると打ち明け話をされることが多かった。きっと、これを読んでいるなかにもいるだろう。「聞きづらさ」を抱えている人は、想像以上に多いのだ。

日本聴覚医学会では、聴覚障害についてこのように程度分類されている。

○「軽度難聴」小さな声や騒音下での会話の聞き間違いや聞き取り困難を自覚する。

○「中等度難聴」普通の大きさの声の会話の聞き間違いや聞き取り困難を自覚する。補聴器の良い適応となる。

○「高度難聴」非常に大きい声か補聴器を用いないと会話が聞こえない。

○「重度難聴」補聴器でも、聞き取れないことが多い。

日本の身体障害者福祉法では、平均聴力レベルが七〇デシベル以上の「高度難聴」以上が身体障害者手帳の交付対象となる。

その時々で揺れがあるが、わたしの程度は「軽度難聴」といったところだろうか。

ただ、体調や気圧の変化を受けて、飛行機の離着陸で体験するような耳詰まり（耳閉感）がひどくなる。耳鳴りに加えて、両耳が栓をしたようになった日は、声を拾うためにかなりの集中力を必要とされる。もしかすると七〇デシベルの音が聞きとれていないかもしれない。そんな日のわたしは聴覚障害者なのだろうか。

聞こえる、聞こえないっていったいなんだろう。「障害」の線引きも結構あいまいだ。

聞くことの仕方

さておき、わたしの治療行脚の旅に終止符を打たせたのは、「耳鳴りに強い」と人づてに聞いた小さなクリニックのおじいちゃん先生のひと言だった。遺伝性の高音域の難聴があること、大学病院での聴力検査や、ＭＲＩの診断結果などこれまでの経緯を伝えると、特に問診もせず、聞いているのかいないのか。わたしの顔を眺めながら、おっとりと独り言のように呟いた。

「みんないつかは耳鳴りになるからなあ」

クリニックの待合は白髪の大先輩方ばかりで、なるほど「みんないつかは」というおじいちゃん先生は正しいだろう。でも、あなたにすがりついたのは「いま」どうしていいのか困惑しているまだ三十代半ばの患者なのだよ……。

一瞬、とてつもない脱力感に襲われたが、おじいちゃん先生の発した「現在の医療ではどうにもならない症状がある。でもそれはあなただけとは限らない」というメッセージは、当時のわたしに非常に有効なアドバイスともなった。現時点で耳鳴りに対してわたしがすべきことはもうなにもない。そのことを強く納得させてくれたからだ。人体のなかでも「耳」というのは未だ謎が多い器官だとも教えられた。それならしょうがないや。

とりあえず、治る・治らないは「保留」にして、「折り合い」をつけていくしかない。ほかの誰とも共有できないこの音は、まぎれもないわたしの一部なのだから。

「諦め」というより、そうやって自分を「受け入れる」ことは、良い意味でわたしを少し楽にした。そして、その日からわたしは自分のなかで響く音と外の世界に「折り合いをつける」ことにした。

聴力は現在進行形で少しずつ下がっている。残念ながら標準の加齢よりも少し早い進行で。統計的には、わたしのような遺伝性の難聴の場合は、それが原因で聴力を失うことはないらしい。おじいちゃん先生のお告げどおり、加齢による聴力低下は誰にも訪れる。世界のボリュームのつまみが少しずつ下がるだけだ。

夫の耳は非常に性能が良い。緻密(ちみつ)で精度の高い受信機のように、家にいると表通りの話し声や遠くで響く音までキャッチするらしく、彼といると世界は驚くほどわたしの知らない音に満ちていることに気づかされる。

「聞こえる」誰かといるときだけ、わたしには「聞こえない」音が存在する。でも一人でいるときのわたしには、「聞こえない」音は存在しない。なんだか不思議で面白い。

さて、耳鳴りによる「聞きづらさ」や、「聞こえる」「聞こえない」についてずいぶん長々と書いている。それには個人的な大きな理由がある。

わたしはフリーランスのライターで、とりわけインタビューの仕事が多く、「聞いて」「書く」ことが主な生業だ。つまり「聞く」ことは、生活にはもちろん、仕事にも深く関わっている。

大丈夫なの？　インタビューなんかでちゃんと聞こえてるの？

そんな疑問を抱いた方がいるかもしれない。耳鳴りを発症したとき、わたしもそのことを深刻に案じた。もうこの仕事は続けられないかもしれないと、怖くもなった。

しかしながら不思議なもので、時に聴力レベルでは問題があるはずなのに、インタビューなどの「聞く」仕事で支障を感じたことはこれまでほとんどない。思い切って言ってしまえば、むしろ「聞こえにくい」ことで、「よく聞く」ことができていると感じることさえある。

それには、わたしが耳鳴りの響きを受け入れて「折り合い」をつけたように、「聞く」という行為についても「折り合いをつける」ことが大きく関係しているような気がする。ざっくり言えば「聞くことの仕方」が異なるとでもいうのだろうか。

少し前の話になるが、一年半ほどのあいだ、大阪の淀川(よどがわ)キリスト教病院のホスピスに不定期で通いながら、入院されている一四名の患者さんに話を聞かせてもらったことがある（拙著『人生最後のご馳走』に収載）。

内容は、そのホスピスが独自に行っている「食のケア」をテーマに、皆さんに食にまつわる思い出を語っていただくというシンプルなものだ。

命の限りを受け入れて、そのホスピスをある意味「終(つい)の棲家(すみか)」として選んだ皆さんは、それぞれの状態にあわせて行われるきめ細かな緩和ケアや、スタッフによる手厚い看護によるものなのか、お会いした誰も苦痛を訴えることなく、穏やかに日常を過ごしている方々ばかりだった。

そのため、末期のがん患者だからといって特別な方法を用いるわけでもなく、いつものように簡単な質問を投げかけ、それにお答えいただき、自由に話してもらうという流れでインタビューは進んだ。

けれども、他のインタビューとは大きく異なることが一つあった。

わたしの頭の片隅にはいつも「この人がこの内容について言葉を口にするのは、これが最後かもしれない」という畏(おそ)れが居座っていたことだ。

この人の語る言葉を絶対に聞き漏らしてはならない。

そう強く意識させられた結果、なんというか、耳に届く言葉だけではなく、表情の変化や、ちょっとした仕草、声の抑揚を含めて、患者さんが発信するなにかを余すことなく受け止めようと、目はもちろんのこと、鼻も皮膚感覚も総動員して、全身を使って「聞く」ことをしていたような感覚があった。

語られるほとんどは楽しい世間話のような内容で、実際のところ笑い声の絶えない時間だったが、取材を終えて病室をあとにし、駅までの道を歩くあいだ、毎回腰が抜けてその場にへたりこみそうになるような、激しい虚脱感に襲われたことも思い出す。

通常のインタビューでも意識の集中は高まるものだが、その比ではないほど全身の意識を集中させていたように思う。

それなのに、あとになって録音した音源を再生していると、わたしは実は話を聞いていなかったのではと思わされる場面に何度か出くわした。

ＩＣレコーダーは、わたしの弱い耳と異なり、聞き逃すことがない。すべての声を音として正確にキャッチしている。

間の悪いタイミングでの相槌（あいづち）などに赤面しつつ、「ああ、このときあまり聞こえていなかったのだな」と脇の下がぐっちょり濡れることもあった。だが同時に、そんなときに限って、相手が一所懸命に言葉を重ねて、話を広げてくれることにも気づかされた。

もしかすると、自分の言葉がわたしの耳に届いていないかもしれないという疑問が、彼らの発信能力を高めていたのだろうか。

強い思いでなにかを伝えたいとき、人は、言い淀（よど）み、重複を繰り返す。ともすれば言葉はあいまいであったり、活字にしてしまうとほとんど印象には残らないような平易なフレーズだったりもするのに、胸に深く突き刺さってくるものがある。

全身を使って発せられる「声」には、その人だけの温もりや湿度や感情の揺れが含まれていて、「聞きづらい」耳にも届いてくる。その「声」は聴力検査では測れない「聞こえる」力をもっている。

「聞こえる」人でも、すべてを聞くことができるとは限らない。耳がキャッチするものが「すべて」ではないからだ。「声」とは耳だけで聞こえるものではないのだ。

音を拾う器官である耳の受信能力が低いわたしにとって、「聞く」とは「見る」でもある。口元はもちろん音を推測するのに役に立つし、ちょっとした仕草や反応の変化は、口に出す音よりときに饒舌（じょうぜつ）だ。そして「見る」こともまた、目だけで行うものではない。実際に見えていなくても、感じることで浮かび上がるものもある。

こう言ってしまうとなんだが、よく聞こえる人は、耳で聞きすぎるのではないだろうか。同じことが目、耳、皮膚、鼻、舌などの感覚器官でもいえるだろう。それぞれの器官の能力の高低は、あくまでごく一部を数値化したものから判断した、一つの基準でしかないかもしれないとも思うのだ。

これはインタビュー時に限らないが、わたしの耳にはしばしば時差がある。

相手の口から発せられる音はその瞬間に耳がキャッチしているはずだが、聞きづらいときは、音が断片となり、まとまって音をとらえられない。

だが、話者が発する気配や揺らぎや震え、あるいは怒りや悲しみなどの感情が音に加わることで、音のパズルがはまるように文脈がつながると、音は「意味」をもつ「声」となり、深まる。

まるで海外中継のように、わたしの耳には音にほんの少し遅れて「意味」としての声が届く。耳で「聞く」とは、そうやって「意味を感じる」ことの、ごく一部分でしかないのではないだろうか。

仕事では、これまでに一〇〇〇人以上の人に話を聞いてきた。

テレビに出て「喋(しゃべ)り」を仕事にしている人にも、幾度となくインタビュー経験がある。彼らの言葉には淀みがない。また、通りの良い声質と音量で言葉を発する人が多いので、しっかりと「聞こえている」はずなのに、なぜだか言葉がつるりとわたしの耳から滑り落ちていくことが多かった。政治家にもそういう人が少なくない。音は聞こえても声が届いてこない。その人だけの「声」を聞くことができない。そういうとき、わたしは自分を無力に感じて、落ち込んだ。「聞きづらい」とき以上に。

わたしは「そっちのチーム」じゃない

さておき、耳に関連する体験でもう一つ、本当はあまり話したくないことにも触れたい。

少し前のことだが、手話講座に参加したことがある。地域コミュニティの主催するごくごく入門編の講座で、自身の聴力的には手話は特に必要としないが、なんだか面白そうという単純な理由で受講することにした。

日本の手話は「日本語を翻訳する」ものではなく、一つの独立した言語であることを知り、とても興味深かったが、平日の午前中に開催される半年間の連続講座に毎週通うのはなかなか大変だった。重ねてちょうどまとまった仕事が入り、受講を継続するのが難しくなってしまった。

というのが主催者に伝えた受講中止の理由だった。

だが実はもう一つ別の理由があった。

初回参加時のこと。年齢もばらばらの十数名の受講者が自己紹介をしたあとに、スタッフの方がこんな補足をした。

「このなかには聴覚障害をおもちの方がいるので、その方と話すときは、声を大きくしたり、きちんと口元が見えるように意識してください」

続けてその対象である三名の名前が読み上げられた。驚いたことに、自分の名がそこに含まれていた。

そういえば、その数カ月前の講座申込み時、提出した受講動機で「日常には支障のないレベルだが、遺伝性の高音域の難聴があること」に触れた。スタッフの発言はそれに対する配慮だった。

しかしながら、わたしは自分の名を読み上げられ、みんなから視線を浴びた瞬間、落ち着かない、いや、なんだろう、納得がいかない気分になった。

わたしは「そっちのチーム」じゃない。「普通」なのに！

思わずそう声を上げそうになった自分に驚いた。いわば難聴当事者でさえある自分が健聴者と聴覚障害者を線引きし、障害者であると指摘されて気分を害するような人間であることを思い知らされ、ダブルでショックだった。わたしは「きれい事」の人なのだ。それを指摘されたようで強烈に恥ずかしくもあった。

わたしのなかには障害のある人とない人を「線引き」しようとする意識がある。残念だがそういう人間なのだ。ということに自覚的で、かつ否定的でいたつもりだった。けれども、実際に自分自身が線引きをされた瞬間に、それはあっけなくどす黒く噴出した。わたしのなかの黒いものは消えないかもしれない。だから「きれい事」であろうと、意識し続けることが必要なのだ。わたしの弱い耳はそのことを改めて教えてくれた。


翻って、耳鳴りや難聴について。

ウェブ連載時にアップされた耳鳴りや難聴についての文章に、驚くほど反響があった。現役の音楽家や、世界的に活躍するＤＪといった「耳が商売道具」であろう人たちからも、実はわたしも、僕も……という声がいくつも届き、耳鳴りの感じ方やとらえ方も人それぞれに異なることを知った。

わたしの場合は、やや高音の「きーん」に「ざあー」を混ぜたような耳鳴りが、日常的に頭のなかで響いている（という感じがする）。日によって音量に変化こそあれ、常にそこに「耳鳴りが在る」という感覚はこの十数年変わらない。

ただ、なにかに集中しているときは、その音を「忘れる」ことができる。

メッセージをくださった一人であるアジアン・カンフー・ジェネレーションの後藤正文（まさふみ）さんから、鈴木惣一朗さんの『耳鳴りに悩んだ音楽家がつくったCDブック』を教えていただいた。

本の内容はタイトルどおり、耳鳴りに悩む音楽家である鈴木さんによる、主治医である慶應義塾大学病院の大石直樹先生との対談と、同じく「耳鳴りに苦しむ音楽家」である坂本龍一さんとの対談が中心となっている。

同じ耳鳴り持ちの身には、音楽家でなくても深く共感することが多く、医学的な見解を知ることで腑（ふ）に落ちることもあった。耳鳴りの原因はまだ解明されていないし、具体的な治療法はないものの、読んでいるうちに、心強く、そして前向きな仲間に出会ったように励まされたので、耳鳴りに悩む方にはわたしからもお勧めしたい。

対談のなかで、大石直樹先生が耳鳴りをロウソクの炎に例えるくだりがあった。

真っ暗な部屋ですごく小さなロウソクの炎を見るとものすごく明るく見えるけれど、明るい部屋にロウソクの炎があってもその存在に気づかない。「周りが真っ暗だと、明るく見える」というのが耳鳴りと同じ感覚だと大石先生は言う。

例えば、無響室で耳鳴りが聞こえてしまうと、否が応でも耳鳴りにしか注意が向かないけれど、周りに雑音がある場合、あらゆる音があるなかでの耳鳴りはさほど気にならない。そうした意識（アテンション）が、脳の状態にも影響して、耳鳴りの感じ方に大きく関係しているのではないかと。

坂本龍一さんも同じような感覚について話しておられた。なるほどなあ。わたしが時々、耳鳴りの存在を忘れるのも、意識が耳鳴りからそらされるからなのだろう。

耳鳴りを恨まず、悩まず、過剰に意識することを止めて、自分の一部として共存する。そんなふうに、ただそこに「在るもの」として受け入れられるようになったら、逆に耳鳴りが「在る」ことを忘れる時間が長くなった。人間の感覚や意識というのは本当に不思議なものだ。

最後にもう一つだけ。話が少しずれるかもしれないが、最近よく耳にする「発達障害」についても思うことがある。

発達障害とは、生まれつき脳の機能の発達がアンバランスなために、日常生活にさまざまな困難を抱える障害だが、症状の一つの「感覚過敏」に「聴覚過敏」というものがある。聴覚過敏だと、普通の人には感知できない音まで識別し、例えば、蛍光灯のチリチリという音や、時計の秒針の音のような小さな音まで大きな刺激として感じてしまうのだそうだ。どんなに苦しいことだろう。

発達障害は、耳鳴りや難聴とは原因も症状も異なるものだろうけれど、「見えない病」を抱えるしんどさは少しだけ想像できる気もする。そんな人がすぐ傍にもいて、でもまるで気づくことができていないのかもしれない。ということを想像し続けることしかできないけれど。

そうしたこともわたしの弱い耳が教えてくれる。

ざあざあと愉快ではない音が響き、音を拾う能力も低い耳ではあるが、その実、この耳はわたしが思っている以上に、いろんなことを届けて聞かせてくれているのかもしれない。

世の中には耳で聞く
だけじゃない音もある

第3章

奪われた言葉

公判傍聴

二〇一七年のことになるが、年の初めから地域の寄合場（よりあいば）を立ち上げて、月に一回、ワークショップなどを開催し、細々と活動していた。その一環として、以前よりやってみたかった「子どものための作文教室」を企画したのが夏の盛りの八月のこと。

折しも子どもたちは夏休みで、読書感想文の宿題が出る。それを一緒に書いてみよう、という一石二鳥的なゆるっとした案配だ。

しかしなんとも間の悪いことに、予定日の前週、わたしは肺炎に罹患（りかん）し、点滴による通院治療とその後の静養を余儀（よぎ）なくされた。

肺炎にもいろんな種類があり、感染力の強いものもある。幸いわたしはそのタイプではなかったが、抗体をまだもっていない子どもに、肺炎ウイルスなんて伝染（うつ）しでもしたら……というわけで、何人かで集まって行う教室スタイルから変更して、それぞれの保護者を通じてやり取りをするいわば通信添削講座へと移行することになった。

参加者は少数限定だったが、熱心な子がいて、彼らとは最終的に三往復のやり取りをさせてもらうことになった。子どもを育てたり、生活を共にした経験のないわたしには、メールでのやり取りとはいえ、十歳ほどの子どもたちと生（なま）の言葉で対話を重ねることは、とても新鮮で刺激的でなにより驚きが多かった。

子どもらしい独創的な考え方に触れた、などとよく聞くようなありきたりの感想を抱いたわけではない。

子どもとはいえ、彼らはすでに一人ひとりがまったく異なる性質と考え方と感情をもっている。「小学五年生」とか「小学生男子」などでは括ることのできない、それぞれが一人の独立した人間として存在しているのだ。

ある意味、社会に飼い慣らされた大人よりも「個体」としてユニークだ。それを実体験として知ることは、愉快でとても興味深かった。

フリーランスになって十数年、プロになりたい人を対象としたライティング講座の講師を定期的につとめており、ある意味「読むこと」にも「書くこと」にも擦れてしまったわたしだが、子どもたちとのやり取りは自分にとっても貴重な体験となった。

そのときは、たまたまの流れで小学校五〜六年生を対象としたが、今後は中学生や高校生といった思春期ど真ん中の子に「思いを言葉にする」場がつくれたらとも考えている。

そんなことを考えるようになったのは、五年ほど前のある出来事があってからだ。地元の地方裁判所で、ひょんなことから、とある事件の裁判を傍聴した体験に遡る。

蟬の合唱がおさまりかけた晩夏のある朝、大きな締め切りを抜けたところでいつになくのんびり新聞を眺めていたら、気になる記事が目に飛び込んだ。その前年に、ネットカフェで出産した男児を窒息死させたという女の初公判がその日から始まるという内容だった。

わたしはその事件をよく覚えていた。事件現場となったネットカフェや、嬰児の遺体を隠していたというコインロッカーの近くを自転車でよく通っていたからだ。

プライバシー保護のため一部を伏せるが、その事件について当時こんなふうに報じられている。

〈ネットカフェで出産〉男児死なせた『住所不定・無職』29歳女を逮捕

ネットカフェで産んだばかりの男児を殺害したとして、兵庫県警は●日、住所不定の無職、A容疑者（29）を殺人の疑いで逮捕し、発表した。「殺すつもりは無かった」と殺意を否認しているという。

捜査1課によると、A容疑者は●月●日午後1時20分ごろ、神戸市●区●丁目のネットカフェの女子トイレで出産後、男児を窒息死させた疑いがある。捜査関係者によると「泣き声を上げたので、とっさに口をふさいだ際、指を口に詰め込んでしまった」と話しているという。

> A容疑者は翌●日に遺体をポリ袋に入れて●●駅近くのコインロッカーに遺棄したとして●月に死体遺棄容疑で逮捕、起訴されている。数年前から神戸市内のネットカフェなどを転々としていたという。
>
> （朝日新聞デジタル　某日配信）

手帳を繰ると、ぽこっと予定が空いていた。わたしはライターではあるが事件記者ではない。裁判を傍聴することも初めてだ。恐る恐る公判が行われるという地方裁判所に電話で問い合わせると、担当の部署の人が、公判開始時間と部屋番号まで丁寧に教えてくれた。

そうやってわたしはその日の午後から、まだ日差しのきつい太陽のもと、自転車を二十分ほど漕いで、神戸地方裁判所に三日間通うことになった。

前掲の新聞記事に補足すると、彼女が手にかけたという赤ちゃんは、家出を繰り返した挙げ句、ネットカフェなどで寝泊まりしながら、お金に困ると援助交際を繰り返した結果妊娠した、誰が父親ともわからない子だという。

ネットカフェのトイレで出産後殺害。息絶えた嬰児をコインロッカーに遺棄した三十歳の女（事件当時は二十九歳）。そんな衝撃的な事件がわたしの身近な場所で起きていたという事実。

文字をなぞると鬼畜とも思える行為への憤りはもちろんだが、人の命が奪われているのに無神経な言い方になるが、「いったいどんな女なんや？　顔が見たいわ」という好奇心も正直あった。

さらにいうと「なぜ、そんなことに？」という疑問がなによりも大きかったのだ。

これが十五、六の女子ならまだわかる気もする。でも三十にもなる女だぞ。そんな年齢ともなれば、自分でなんらかの手立てを講じることくらいできたはずだ。それなのにこんな結果を招いたのには、よほどの事情があるのかもしれない。そのあたりに、数年前から関心をもっていた「女性の貧困問題」との関連をぼんやりと感じたのもある。

初公判の場

手錠と腰縄をつけてうなだれながら法廷に入ってきたA被告（以下、仮名でクミさんとする）は、わたしがもっていた援交を繰り返し妊娠する無責任な女というイメージからほど遠い、派手さの欠片（かけら）もない、こう言ってはなんだが、地味すぎるほどに地味な女性だった。体型は細身ではないのに、影の薄さというか、あまりの存在感のなさにとても驚いた。

まず検察側の冒頭陳述が行われた。

タイトなダークスーツをすっきりと着こなした、見るからに効率よく仕事のできそうな女性検事（推定だがクミさんと同年代か少し上くらいに見えた）は、長めの黒く艶やかな髪を耳にかけ直しながら資料を読み上げて、クミさんがトイレで出産した男児の産声が漏れないように口元を覆った際に、左手の人差し指が口のなかに入り、鼻も覆ったことを指摘した。

そうした行動により男児が弱ってきたことを認識しながら、五～十分ものあいだ、口や鼻をふさぎ続け、その後も生かそうとする行為を一切していないというのが殺人罪についての主張だ。

対して弁護側は、クミさんは口に手を当てただけで、それが男児の死を招く危険な行為とは思っていなかったと反論。

弁護人質問でクミさんは、口に手を当てたのはそこがネットカフェのトイレであることから、周囲に泣き声を気づかれたくない一心だった。手はかぶせる程度で鼻を圧迫した感覚はなく、男児が息をしていないことに気づいてパニックになったと、殺意を否認した。

また、検察側が読み上げた供述書について、そのようなことは発言したかもしれないが、取り調べに疲れていて、細かいところはよく覚えていない。読み上げられた文章も「（正確には）自分の言葉ではない」とかすかに反論した。

裁判のあいだ、クミさんは終始なにかにすでに書かれた言葉をなぞるように、力なく声を発していた。その姿がわたしを落ち着かない気分にさせた。

「殺意を否認する」という今後の人生に大きく関わる重大な課題を背負っているのに、なぜもっと自分の気持ちを、自分の言葉で伝えようとしないのだろう。

裁判慣れしていないわたしがわかっていないだけで、裁判での発言とはそういうものなのだろうか。

公判中、そんな彼女が一度だけ語気を荒くしたことがあった。

援助交際で複数の異性との性交渉を繰り返しながら、なぜ避妊をしなかったのかと検察側に詰問されたときのことだ。

通常は男性に避妊具を装着してもらっていたが、拒否されることがあり、自分の立場の弱さから、強く避妊を要求することができなかったと彼女は答えた。

その無責任さが事件を招いたのではないか。もし妊娠しても、早期に人工中絶など他に策を講じていれば、今回のようなことにはならなかったのではないか。女性検事は畳みかけた。

「中絶は一度もしたことがありません！」

それは公判中に耳にした、もっとも強い彼女の発言となった。

わたしは驚いた。結果として一人の人間の命を奪い、そうした行為に対する糾弾には覇気なく応えるだけなのに、人工中絶に対しては強く否定の意思を示す。意味がわからなかった。

その理由を後に少し理解することになるが、いまは先を進める。

公判では、検察側の証人はおらず、弁護側が申請した二人の証人だけが証言台に立った。証人の一人である医師は、新生児は鼻からしか呼吸しないことを指摘し、口を覆ったことが窒息につながる確証はないと説明した。

もう一人の証人は、女性と子どもを支援するNPO団体に所属する女性（仮にタケダさんとする）だった。タケダさんは、クミさんが逮捕・勾留以降に、弁護人の依頼によりクミさんと初めて関わるようになった人で、裁判までに面会を一三回、二一通の手紙をやり取りしたという。

タケダさんは事前に弁護人と相談して決めていたのか、クミさんの生育環境や、思春期における親娘関係に重点を置いて証言を進めた。次第にクミさんの生い立ちが浮かび上がってきた。

希望していた公立高校受験に失敗し、母親の期待に応えられなかったというのが彼女の最初の挫折だった。同時に、学費の高い私立に行かせてもらった恩義を両親に感じたという。

母親のしつけはかなり厳しかった。中学時代から門限を破ると、激しい体罰を受け、ベランダに放り出されることも少なくなかった。高校時代も同様に過剰に母親から干渉を受けた。

だからといって仲が悪かったわけではない。買い物に一緒に出掛けたりもしているし、兄にも同様に厳しい教育をしていたという。

高校卒業後、医療関連の専門学校に進学したが、父親の事業が破綻し、経済的な事情により退学せざるを得なかった。そこでも彼女はまた挫折を感じたという。自己破産をした父親と母親は離婚し、彼女は母と同居することになった。

それまで以上に過干渉となる親との生活のなかで、進学の道も閉ざされたクミさんは、次第にそこから逃げ出したいという思いを強くする。それが、その後の家出癖へとつながった。

何度かの家出の後、キャバクラで働きはじめた頃、ホストの男と付き合うようになった。ただし、キャバクラ嬢として派手に稼いで客として貢いだというのではない。単に路上でナンパされたのが出会いだった。

初めて受けた異性からの優しい言葉に、彼女は幸せを感じた。ほどなく、男は、自身の出身である北関東に戻らなくてはいけないという話を彼女にもちかけた。クミさんにも一緒について来てほしいと。

だが、心を躍らせていた男との新生活で待っていたのは、恋人としての甘い時間ではなかった。彼女に与えられたのは、マンションの一室で客を取らされるデリヘル嬢としての仕事だった。報酬の半分は男が得た。クミさんは、初めて「騙された」ことを知った。

彼女をそこから救い出したのは、行方知れずの娘を連れ戻しに来た母親だった。祖父の危篤という事情から、どうしてもクミさんを探し出さねばならなかったのだ。

一時的には、それは彼女にとって幸運だったとも想像できる。そのままでは男によってもっと過酷な状況に追い込まれたかもしれないからだ。

関西に戻り、親のもとで厳しい監視を受けながらも、彼女は職業訓練所に通うようになり、ホームヘルパーとして働き始めた。正社員にも登用されたというから、誠実な仕事ぶりだったのだろう。その仕事をしていたときが一番楽しかったと彼女は小さな声で語った。

だが、もとより折り合いが悪い上に、家出、売春と転落した（としか思えない）娘に対する母親の態度は以前より硬化し、繰り返し過ちを責められ、体罰や叱責は激しくなる。その日々に耐えられず、彼女はせっかく得た職も放り出して、また家出を繰り返すようになってしまう。

そこで生きていくために選んだのが、援助交際という手段だった。

母親による心理的虐待

実は、クミさんはこの事件の前にも一人の子どもを出産している。

母親が、彼女を関東から連れ戻したあと、娘の身体の異変に気がついた。しかしすでに人工中絶が可能な時期は過ぎていて、もはや出産という選択しかなかった。

「このことを周りに知られたら、まともに生きていけると思いなさんな」

母親はそう言って娘を責めながら産院を手配し、出産。また、母親は「こうのとりのゆりかご」で知られている熊本の慈恵病院に相談し、生まれた子どもは特別養子縁組により養子に出されることになった。

特別養子縁組は、原則六歳未満の子どもが対象で、親の同意があることなどの要件を満たせば、実父母および親族との法律関係を断ち、戸籍上でも養父母の「実子」として記載されるという制度だ。

事前にそのことが決まっていた子どもの出産直後、クミさんは耳にした産声を「かわいい」と感じ、赤ちゃんの顔が見たい、自分で育てたいと思ったが、母親の指示で我が子を抱くこともできず、すぐにどこかへ連れて行かれた。気がつけば、すべてが終わっていたと感じた、とクミさんは言う。

彼女にとって辛い経験だったであろうこの一度目の出産は、公判では検察側に厳しく糾弾される材料ともなった。

クミさんには妊娠・出産の経験がすでにあった。それなのに事件となった二度目の妊娠時に、臨月近くまで本人に自覚はなかったのか。また、産んだあと育てられないにしても、一度目のように病院で出産するなり、しかるべきところに相談するなりして、なんらかの形で子どもを安全に手放せる方法があることを知っていたはずであると。

それに対して、クミさんはこう答えた。

二度目の妊娠の臨月（つまり事件の直前）になって、ようやく妊娠の兆候を感じるようになった。だが、その日暮らしで、病院に行くにもお金も健康保険証もなく、もはや時期的に人工中絶もできない。動揺したが、もう母親だけは頼りたくはなかった。結果、そのまま「考えない」ことにした。

普段から生理不順だったため、生理のないことでは妊娠に気づかなかったそうだ。確かに個人差はあるだろうけれど、お腹や胸のはりも少しはあっただろうに……。だからといって、彼女が話す姿を見ていると、嘘をついているようには思えない。

自分の身体にそこまで無頓着になるのは、彼女自身が「自分」という人間を大切にしていないというか、「わたしとはなにか」といった、自分に対する関心が極めて脆弱だからではないだろうか。

前述したように、彼女の答弁には、強い思いや主張がほとんど感じられない。誰かにこう言いなさいと言われたことをなぞっているような印象すら受けた。いくら耳を傾けて彼女の姿を目にしていても、そこから「彼女の言葉」が聞こえてこないのだ。

裁判を傍聴するにつれ、そうした彼女の人格形成に、母親の影響を感じずにはいられなかった。

弁護側の証人である支援団体のタケダさんから、やり取りを通じて知ったこととして、こんな話があった。

クミさんは、中学生の頃から文章を書くことが好きだった。部屋にこもって自分のなかで膨らませた空想を物語にして書くことを楽しみにしていた。

しかしその文章を勝手に読んだ母親は、書かれた内容をことごとく批判し、目の前で破りゴミ箱に捨てた。いくら隠しても母親はそれを見逃すことなく、何十回となく破り捨て続けた。その度にクミさんは「自分を否定された」と感じたという。

内容に、いわゆるオタク的な要素があったのかもしれないと、あいまいなクミさんの言葉から、タケダさんはそうした推測の言葉を補足した。母親にはそれが気に入らなかったのだろうか。

わたしはそのくだりを聞きながら、母親が娘から言葉を奪ったのだと確信した。そして言葉を奪うことで、その後どれだけ多くのものをクミさんから奪ってきたのだろうと暗澹たる気持ちになった。

彼女は死体遺棄罪については当初から認めていたが、殺意については一貫して否認している。

わたしには出産の経験がないけれど、ネットカフェのトイレという、なんの設備もない場所で、誰の助けもなくたった一人、おそらく相当な激痛に耐えながら子どもを産んだときのことについて、「すごく怖かった」と消え入るような声で答えるクミさんの言葉に嘘は感じなかった。

気力体力を使い果たし、ほとんど倒れそうなその過酷な体験の直後、血まみれの床にただ呆然と目を落とす彼女の耳に届いたのは、自分を追い詰めるような赤ちゃんの泣き声だった。

一度目の出産時には「かわいい」と感じた赤ちゃんの産声なのに、そのときは一転して彼女の恐怖の対象となった。声が外に漏れれば、この状況が露見して、家代わりに滞在しているネットカフェでトラブルを起こすことになる。それは困る。お願いだから静かにしてほしい。そんな思いで思わず口をふさいでしまった。小さな赤ちゃんの顔に大人の手が当たれば、自然と鼻も覆ってしまったのだろうか。

結果として、その行為が小さな命を消すことになってしまったが、そこに「殺意」があったのか。わたしにはわからない。というよりも、わたしは裁判が始まった当初から、クミさんには殺意がなかったのではないかと強く感じていた。だからといって、赤ちゃんを守りたいという彼女の思いも感じることができない。

繰り返すが、なにかしらの「強い思い」というのが、彼女からほとんど感じられないのだ。伝わってくるのは、このことが明るみに出たら困る、怒られる、怖い。そうした反射的な不安ばかりだった。

ただ前述のように、公判中、唯一と言っていい、強い意思をもって示した言葉が、人工中絶に対する否定であった彼女が、はたして殺意をもって赤ちゃんを手にかけようと思うだろうか。

クミさんの母親は、彼女が逮捕されて以降、一度だけ娘のもとへ面会に訪れた。追い詰められた娘の心労や体調を心配する言葉を掛けるでもなく、母親は呆れ果てた態度を示し、親子の縁を切るという言葉を投げつけて帰っていった。それ以来、母親とは会っていないと彼女は淡々と語った。

母親からすれば、一度目の経験に懲りず、ついにはこんな最悪の事態まで招いた娘に対する許しがたいという思いはあるだろう。

ただ、わたしはクミさんの母親に、一種の心理的虐待行為を感じる。それは中学の頃から始まり、事件後も続いているように思う。思春期の頃に彼女の文章を破り捨てて人格を否定し、言葉を奪い、それが彼女の思考も奪ってきたのだ。さらにいえば一人目の赤ちゃんも奪った。それらが今回の事件へとつながり、彼女の今後の人生まで奪おうとしているのではないだろうか。

法廷で、弁護人と医師を除けば、たった一人彼女を弁護し続けた支援団体のタケダさんに聞いたが、事件後、家族も友人も、他に誰も彼女に救いの手を差し伸べる人はいなかったそうだ。彼女はそれほどに孤立していた。

検察側の求刑は懲役八年。弁護側は、殺人罪は否認した死体遺棄罪のみで懲役三年保護観察付き執行猶予五年という判決を求めた。

殺人罪がつくかどうかで彼女の人生が変わることは誰にも予想されるし、わたし個人としては殺意があったとは思えなかったため、ただただ殺人罪が成立しないことを祈るのみだった。

そして迎えた判決。

殺人罪と死体遺棄罪が成立し、懲役三年の実刑判決が下った。

殺意の程度が軽度ということと、反省しているということから求刑より軽くはあったが、執行猶予はつかなかった。法廷に響く判決主文を前に、クミさんはただ黙って背中を丸めていた。

自分の言葉を取り戻すために

あれから五年が経つ。

控訴したという情報は耳にしていない。それであれば彼女は刑に服し、もう社会に出ているだろう。

三日間の傍聴を終えたあと、わたしのなかではこの裁判で見聞きしたことが、五年が過ぎたいまでも澱(おり)のように心にたまっているのを感じている。

わたし自身も過干渉な父に思春期の頃、ずいぶんと嫌な思いをした。常に父から逃げ出したい衝動にもかられていた。クミさんの母親ほどではないかもしれないが、母はしつけに厳しく体罰も受けた。家が楽しく居心地の良い場所だと感じられないことも多かった。そうしたことも関係して、クミさんのことが他人事とは思えないのかもしれない。

ただ、わたしには「読む」「書く」ことについていつも自由があった。望めば本はいくらでも与えられ、空想のような物語に浸り、好きなように誰かに手紙を書き、窮屈で居心地の悪い家にいても、一人になれば、いつでもそこに逃げ込むことができた。言葉はわたしを広い世界に連れ出して解き放ってくれた。大人になってもそうだ。いつだって言葉がわたしを救い、支えてくれている。

だからよけいに言葉を奪われたクミさんが痛ましくてならない。誰かがどこかのタイミングで、彼女に「奪われた言葉」を返すことはできなかったのだろうか。たった一人で弱々しく法廷に立ち、これから穏やかではない人生を生きていかなければならない彼女のことを、いまも想像せずにはいられない。

彼女自身がそんな人生を導いたともいえる。自業自得という実も蓋もない意見もあるだろう。でもそう宣告して彼女を断罪するだけで良いのだろうか。一度堕ちた人間は、「自己責任」という言葉のもとに徹底的に堕とされて、その後は放置される。それははたして社会的に健全なやり方なのだろうか。そんな大きな疑問も抱えている。

　こんなふうに思う。

　事件のいちばんの被害者である彼女の可哀想な赤ちゃんを鎮魂（ちんこん）するには、クミさんに自分の足でしっかり立って生きてもらうことがなによりも大切なことなのではないだろうか。そのことは、クミさんだけにではなく、わたしが生きる社会にも重要な意味をもつ気がしてならない。

　そのためには、彼女は自分の言葉を取り戻さねばならないのだ。

　娘から言葉を奪った母親の呪縛（じゅばく）。

　親子の縁を絶ったままでいるならば（あるいは再び同居していたとしても）、クミさんの母親はおそらくいまでも彼女に呪いをかけ続けているだろう。そのことに深い憂（うれ）いとほとんど怒りのような感情をもつことを禁じ得ない。


　子ども作文教室のやり取りで、十歳ほどの子どもたちが自分の言葉を自由に発する様子に触れていると、中学の頃から言葉を奪われてきたクミさんの姿が思い出されてならない。

　彼女はもう母親の呪縛から解き放たれて、自分の言葉と自分の人生を取り戻しただろうか。それを想像すると、胸が詰まる。

この裁判の傍聴以降、似たような嬰児遺棄の事件を幾度となく見聞きした。新聞記事やテレビの報道でコンパクトに伝えられる内容から一見同じように思えるが、その一つひとつ、一人ひとりの背景にある事情や思いは異なるという想像力をもち続けたい。

もしこの文章にたまたま辿りついた人で、クミさんのように望まない妊娠や、生活の困窮により逃げ場がなく追い詰められている女性がいたら、シェルター（緊急一時避難所）や、タケダさんが所属するような女性・子ども支援を目的としたNPO団体があることを知ってもらいたい。

児童相談所や福祉事務所など、いきなり行政機関に相談するのは心理的にハードルが高いという人もいるだろう。「妊娠　相談できない」などで検索すると、無料で相談に乗ってくれるNPOを見つけることができる。

また、クミさんのように、親からの心理的な虐待行為により家出をした場合は、住民票のある市区町村役場か、これから生活しようとしている地域の福祉事務所などに事情を伝えて相談すると、親族への扶養照会なしで生活保護申請が認められるケースもある。居住している実態が確認できたり、本人確認書類などがあったりすれば、住民票がなくても母子健康手帳の取得も可能だ。そうなると少し安心して妊娠中から産後を過ごすことができるかもしれない。

妊娠に対する悩みをもっている人、産みたいけれど不安がある、育てられないけれど中絶はしたくない場合など、さまざまなケースで相談に乗ってくれる機関や施設を紹介している「全国妊娠SOSネットワーク」のようなサイトも参考にしてほしい。

追い詰められたあなたには「誰かを頼る」ことに躊躇があるかもしれない。でも誰かを頼って生きるのはごく当たり前のことなのだ。そしてすでにあなたがもっている権利でもある。匿名での相談も可能な機関が多いので、まずはアクセスするだけでも十分だと思う。その小さな声に必ず誰か応えてくれるから。

※プライバシー保護のため、一部の事実を意図的にぼかしている部分があります（虚偽ではありません）。

どんな人の中にも
言葉は たくさんあるのに
誰かが それを
言わせないようにしてる
みんなが
自由に言え
たら いいのに

第４章

あなたの家族が経験したかもしれない性暴力について

ブラックボックス

女だけで飲んでいるときに、ふとした流れで、子どもの頃や思春期に体験した性的に嫌な思い出話になることがある。

中高校時代の通学時の痴漢(ちかん)体験がごく当たり前のように、あるいは小学生の頃や、もっと幼く記憶もおぼろげな幼少期の体験などが、次々と女たちの口から吐露される。

世の男性が想像しているその何十、いや何百倍も（もっと多いかもしれない）、性的に不快な出来事を経て大人になっている女は多い。

そしてそれは、二十歳を過ぎてなお、続いている場合も少なくない。

二〇一七年十月にジャーナリストの伊藤詩織さんが上梓(じょうし)された『Black Box ブラックボックス』の内容とそれにまつわる反響の大きさは、あえてここで詳しく触れないが、少しネットを検索しただけでも、彼女の身に起きたレイプ体験と、それに対して彼女がどう行動したのかを知ることができるだろう。

同時に、彼女に対するひどいバッシングも目にするかもしれない。

伊藤詩織さんは、現在、イギリスを拠点にジャーナリストとして活躍されているという。

なぜ日本ではなく、海外で？

性暴力や性犯罪の被害者が、顔や名前を公開して語ることで受ける誹謗中傷。ただでさえ心身共に傷ついた状態を、さらにえぐるような、心理的、社会的ダメージを与えるセカンドレイプが、この国には蔓延している。

『Black Box』を一読すると、彼女が伝えようとしているのは、加害者に対する恨み辛みでないことにすぐに気づく。

身体的な暴力と同時に、彼女が「魂の殺人」と表現するほどの体験。本当なら誰にも言いたくない、思い出したくもないことを、なぜ性暴力の被害者としては異例の実名で公表したのか。その理由が抑制の利いた口調で理路整然と記されている。

被害者が口を閉ざし、ことの実態が隠蔽されがちな性犯罪について、彼女がジャーナリストとして選んだ方法は、自らの体験を語ることで予想されるリスクを負ってでも、真実を追求し、伝えることだった。

「密室」というブラックボックスが壁となり、被害者が泣き寝入りをせざるを得ない日本の法律の問題点や、社会の風潮。そして性暴力をオープンに語らせないこの国の、なんだろう、空気感というか、見えない圧力のようななにかを指摘しつつ、性犯罪の加害者が司法できちんと裁かれることを求めて。

残念というには言葉が足りない。無念としかいえないことに、加害者であるその人物を司法で裁くまでにいたらなかった。その背景にあるさまざまな〝ブラックボックス〟。

『Black Box』は、まさにそのことを示唆する秀逸なノンフィクションだ。

折しも、同二〇一七年十月には、著名な映画プロデューサーであるハーヴェイ・ワインスタインによる、何十年にも及ぶセクシャルハラスメントを、ニューヨーク・タイムズが告発した。

ハーヴェイ・ワインスタインといえば、クエンティン・タランティーノ監督作『パルプ・フィクション』をはじめ、アカデミー賞作品賞を受賞した『イングリッシュ・ペイシェント』など数々のヒットをとばしている、ハリウッドの超大物プロデューサーだ。

そんな彼が、「俺にやらせたら役をやるぜ」とばかりに、長きに亘り数十人に行っていたセクシャルハラスメントや強姦ともいえる行為は、ネットでちら読みするだけでその下劣さに吐き気を催しそうになる。

メキシコの女性画家の人生を描いた『フリーダ』で主役を演じたサルマ・ハエックも、実名でハーヴェイ・ワインスタインのセクハラを告発した一人で、生々しい独白の日本語訳をネット上で読むことができる。

女優アリッサ・ミラノによるツイッター上の呼びかけで始まった「#MeToo」運動はSNSで、多くの女優たちだけでなく、ごく一般の女性（時に男性）を含め、セクシャルハラスメントや性暴力の被害体験を告白・共有する場を広げた。

そういう投稿や記事を読む度に、わたしは友人たちから聞いた話を思い出す。

友人の一人は、小学三年生の頃に、若い男に自宅近所の神社で、カッターナイフのようなものを突きつけられ、神社の裏に連れ込まれて、押し倒されそうになった（幸い助けを呼び、逃げることができた）。

もう一人は、小学校に上がるか上がらないかの頃に、公園の砂場で遊んでいたら、中学生くらいの男子（彼女の記憶では）に声を掛けられて、わけもわからないまま ついていくと、スカートをまくり上げられて、下着のなかに手を入れられた。

二人目の彼女の場合は、なにが自分の身に起きているかを理解するにはまだあまりに幼すぎた。ただ、もぞもぞと動く手が気持ち悪くて、怖くなって走って逃げた。

帰宅して母親に話をすると、母親は娘の服を脱がせて風呂場に連れて行き、どうしてそんなことをさせたのかと叱責した。理由はわからないが、母親を怒らせるようななにかをした「自分が良くない」のだと感じたという。

自分より弱い存在である子どもを狙った下劣な性犯罪だ。

成りゆき次第で、どちらにも十三歳未満の女子に対する強制わいせつ罪が成立するだろう。一人目は命の危険さえあった。でも親には打ち明けることができなかったそうだ。

二〇一〇年に警察庁が、東京・名古屋・大阪に居住し、通勤・通学のために電車を利用している十六歳以上の女性二二二一人を対象に調査したところ、「過去一年間に電車内で痴漢行為に遭った」と回答した女性は三〇四人（約一三・七パーセント）。そのうち警察に「通報・相談」していないと回答したのは二七一人と発表している。

これは被害に遭った女性の九割近くが泣き寝入りしたということを示している。

つまり、この文章を読んでいるあなたの娘も、電車で横行する痴漢行為をはじめ、こうした性暴力の被害に遭っている可能性は低くない。と、あなたが親なら考えるべきなのだ。それぐらい日本には性犯罪が多い。

人は、心を深くえぐられるように傷ついた体験であればあるほど、そのことを言葉にできない。そんな女性が、日本だけでもまだどれほどいるのだろう。そして、人によっては自分を責め続けているだろう。

「特別指導」

中学時代、わたしのすぐ身近でもそうしたことが日常的に行われていた。そしてわたし自身にもグレーゾーンのような体験がある。

中学時代といえば、もう三十年近く前になる。

その男はわたしが通っていた公立中学の保健体育の教師で、担任はもたず学年主任を務めていた。そして、わたしが所属していた女子バスケットボール部の顧問だった。

ずんぐりとした短軀だが、浅黒い肌に骨太で迫力のある体つきのA先生。煙草焼けした低い声と、彼自身がよくエピソードを語った「問題児の多い学校を渡り歩いてきた」経験が刻まれているのか、押しが強い顔つきをしていた。

若い世代には信じがたいだろうが、昭和五十年代は、体罰は教育の一環としてとらえられていた。

とはいえほとんどの教師は手を上げない。でも、A先生は、まるで体罰のフリーパスを与えられているかのように暴力をふるい、他の教師は見て見ぬふりをしていたような印象がある。

わたしもバスケットの練習中に、どれだけの数の往復ビンタをくらったか思い出せない。また、A先生は常に竹刀を携帯することを好み、練習中の失態への罰として、お尻を竹刀で叩くことも常だったので、何度、お尻に青あざをつくったかも覚えていない。

昭和四十年代から五十年代は、地方都市の郊外に新興住宅地が続々と開発された時期だった。一気に増えた子どものために、次々と学校が増設された。通っていた公立中学もそんな一校で、わたしは八期生だった。

まだ卒業生を五、六回しか出していないのにも拘わらず、A先生に率いられた女子バスケット部は、すでに過去二回も全国大会に出場し、うち一度は三位入賞という快挙を成し遂げていた。

ある種、その中学の花形である女子バスケット部には入部希望者が殺到し、わたしの学年だけでも三〇人近くが入部した。

入部してすぐに上級生と練習をするよう指示された一年生もいた。彼女たちは、小学校の頃からミニバスで活躍していたり、一七〇センチ近い長身から、中学入学前にA先生がスカウトして入部させた「特別枠」であることはあとから知った。

熱心な指導と、朝練、昼練、放課後の練習。土日はもちろん、夏休みは全日練習のない日が三日間のみという、異常なまでの練習量。A先生は、前任校でもバスケ部顧問として実績があったらしく、中学女子バスケット界では有名な指導者だったようだ。

一学期が終わる頃には、一年生でも実力に応じて三段階のチーム分けがされ、時々、入れ替えが行われた。熾烈（しれつ）な上下争いも勃発（ぼっぱつ）していたはずだが、向上心がなく、チームメイトが好きという理由だけで部活に参加していたわたしは、同じようにやる気のない仲間と共に、チーム3として呑気に過ごしていた。当然、A先生には嫌われた。

比較的新設校であるうちの中学の名を全国へと広めた功績なのか、態度と声のデカさから、A先生が学内で「権力」を手にしていることは、生徒のわたしたちにも十分に察知できた。

職員室のデスクとは別に、職員のなかでも一人だけ、体育館の一角にある「体育教官室」という名の個室を、私物化していたことも異例だった。

さまざまなセクシャルハラスメントはその「密室」で行われていた。

彼には数人の「お気に入り」がいた。

彼女たちを呼ぶ声には独特の甘さが含まれる。中学女子はそういうことに敏感だ。練習の合間に、A先生はしばしば練習法を指示して、体育教官室に引きこもることがあった。そういうとき、マネージャーを通して「お気に入り」の生徒が教官室に呼び出された。

練習に対する指導というのが名目だったが、「お気に入り」の女子だけで交わされる目配せや、ときどき漏れ聞こえてくる「お菓子をもらって食べていた」「アイスクリームを一緒に食べた」といった教官室での話。

そのうち、幼児を抱っこするように膝に乗せられて、太ももをさすられた、髪や頬を撫でながら、「〇〇は可愛いから男子に誘われても気をつけないといけない」といった注意を与えられたという話も耳にする。

一番気をつけなアカンのは、あんたみたいなおっさんやん！

といまなら冷静に突っ込めるが、朝昼晩の授業の合間、休日のほとんどの時間を注ぎ、部活動に打ち込んでいた部員たちは、どれだけ体罰を受けても、暴言を浴びても、たまに褒めてもらうと喜びを感じるといったように、ほとんどA先生に洗脳されていた状態だった。

教官室に七輪まで持ち込み、網で焼いてぷうと膨らんだお餅に砂糖醤油をつけて、女子生徒を膝に乗せながら餅を頬張るA先生に対して、違和感を抱いても、もはやそれが良いとか悪いとか考える隙間さえ、脳みそにはなかった。

それよりも「お気に入り」の子だけが依怙贔屓され、それ以外の自分たちには「価値がない」かのように扱われることで抱かされる屈辱感を打ち消すために、「なにもなかったことにする」という心理的に歪んだ状態だったようにも思う。

オウム真理教の実態が暴かれていったとき、信者たちがなぜあんな冴えない風貌の胡散臭いおっさんに心酔していったのか、わからないでもないとも思った。まあ、それは、ずいぶんあとになっての話ではあるが。

さておき、在校中に見聞きしていたのは、そうしたA先生のセクハラ行為だったが、卒業後、お酒が飲める年齢になった頃に同窓会がてら集まったとき、耳にしたのはそれどころではない話だった。

わたしの学年で、もっともA先生に気に入られていたC子ちゃんは、小学校の頃から目立つ存在だったが、中学に入るとますます磨きがかかり、ちょっと素行の悪い（けどカッコいい）男子からすぐに声が掛かって、部活の合間を縫って付き合うようになった。それを知ったA先生は激怒し、C子ちゃんを「密室（ブラックボックス）」に呼び出し、あいつとはもうこんなことをしたのかと、胸を触り、下半身をまさぐり、これはお前を心配しての「保健体育の指導だ」と告げたという。

さらに、そうした「特別指導」を受けていたのは、彼女一人でなかったことも明らかになった。

わたしの学年は全国大会には進めなかったが、県大会、近畿大会へと駒を進め、それなりの成績を残した。チームメイトのなかには、「特別指導」の有無に拘わらずスポーツ推薦で高校に進学した子も多く、どこかで「言うことを聞かないと将来に関わる」と感じていたのかもしれない。

だが、いくらA先生が指導だと弁解したところで、それらは教師という立場を利用した卑劣でわいせつな行為でしかない。

斉藤章佳さんの『男が痴漢になる理由』にも書かれているが、性暴力に限らず、すべての暴力は強い者から弱い者へとふるわれる。体格や体力、立場が自分よりも勝っている者に、人は暴力を行使しない。

A先生は、女子中学生を相手に、体格や体力もそうだけれど、特に「立場」を使ってセクシャルハラスメントやわいせつな行為を日常的に行っていたのだ。

チームメイトからの打ち明け話の場においては、当時受けた行為が深い心の傷となり、その後の人生を変えたという子はいなかったと記憶する。

でも、もしかすると、そういう子は、その場に来られてさえいなかったのかもしれない。いまとなってはわからない。

私たちのチームが近畿大会に出場したとき、京都の代表チームの一つにK中学があった。大会が終わりしばらく経った頃、そのK中学の女子バスケットボール部の顧問が女子生徒にわいせつな行為を繰り返していたことが報道された。

ああ、手に取るようにわかる。ため息だけが漏れた。

スポーツ界のセクシャルハラスメント問題を研究している明治大学・高峰修教授は、「セクハラの前に必ずといってよいほどパワハラがある」という。

それは指導者が選手を完全に自分の支配下に置く必要があるからだ。

その際に「グルーミング」と呼ばれる過程があることに言及している。

「グルーミング」とは、もともと社会福祉の世界で用いられていた用語だが、猫が足元にすり寄ってくるような状態に対象を追い込むことを指す。

例えば、標的にした選手を、突然、不当に批判して試合や練習から外したりして、精神的に追い詰め、そのあと一転して優しい態度をみせる。選手は追い詰められていただけに、指導者の歓心を買おうと、より依存心を高めるのだという。

A先生そのものではないか。

数年前、たまたま出身中学が同じ男性から、わたしたちが卒業した少しあとに、A先生のさまざまな問題（セクハラだけではなかった）が明るみに出て、なにがしかの処分を受けたことを耳にした。そして、少し前に鬼籍に入ったことも知らされた。

インターネットでブログなどの個人が自由に発信できるツールを手にしたとき、わたしはA先生が教師として現場にいるあいだに、卑劣な行為を実名と共に暴露したいくらいに感じていた。でも、どう説明すればいいのかわからないが、A先生の家族に申し訳ない気がして書くことはできなかった。性犯罪の加害者に罪はあるが、その家族には罪はないからだ。

センセイの「特別な治療」

わたし自身の「グレーゾーン」の体験についても話してみたい。それは大学一年のときのことだった。

冬にスキーで転倒して、左膝を痛めた。膝に小さな穴を空けて内視鏡検査したところ、前十字靱帯（ぜんじゅうじじんたい）が切れていて、半月板もかなり損傷している。しかしそれはかなり以前からのものではないかと医師に告げられた。

思い当たるのは、中学時代に所属していた例のバスケット部の練習時に、一度激しいねんざをして以来、膝に水がたまるようになったことだ。

おそらくそのときに靱帯も切れていたのでしょう。ねんざの腫（は）れや痛みがひどかったため、当時、靱帯の損傷は見過ごされたのではないか、と。

膝関節には四本の靱帯があり、そのうちの一本である前十字靱帯が損傷していても、激しいスポーツをするのでなければ、日常生活にはほとんど支障はない。実際、高校では軟式テニス部に所属していたが、膝に問題を感じたことはほとんどなかった。結果、「経過観察」となり、事実上放置することになった。

ただ、スキーで転倒して以来の痛みも残っており、急な動きで左の膝の関節がずれるような感覚があり、無意識に左脚をかばって歩くクセがついてしまった。そのことを気にした父親が、知人を介して「知る人ぞ知る整体の名医」を探してきた。

普段から人付き合いが良く、家事・育児の類いは一切しないものの、外では頼まれごとを好み、世話焼きを面白がる面を父はもっていた。

商売をしており、比較的顔が広かった父が、人づてに探して連れてきた「名医」は、診療所をもたず、有名なスポーツ選手の遠征などに同行して身体のメンテナンスに携わる、いわばフリーランスの柔道整復師だった。

治療は自宅に来てもらい、行われることになった。

「名医」の年の頃は五十代半ば。非常にガタイが良く、角刈りに短い首と太い声、真冬でもぱつぱつに張ち切れそうな半袖のポロシャツ姿。大阪の難波あたりによくいそうなおっさん、というのがわたしの第一印象だ。

彼はなぜかいつも、真っ赤な口紅を塗った彼と同年代の女性を伴っていた。秘書かと思いきや、生命保険の外交員をしている友人だという。

二人が特別なカンケイであることは、十八歳のわたしにもほどなく察知できた。妻子もちのはずの名医のセンセイに、母はその時点で良い印象をもたなかったようだ。

センセイは、自宅がある奈良から神戸まで、白いクラウンを走らせて来た。「足代」＋

「治療費」（十五分程）として、父は毎回三万ほど包んでいたと記憶する。もちろん保険の利かない自由診療である。

顔合わせ的な初回時に、わたしの身体をひと通り診ると、「必ず治せます。まかせといてください」とセンセイは太い声で断言し、月に一〜二度、我が家を訪れることが決まった。「名医」がわざわざ足を運んでくれるのに、患者がわたし一人では勿体（もったい）ない。人が集まる賑やかな場が好きで、同時に「特別な人」と知り合いであることを自慢したがる傾向がある父は、知り合いに声を掛け、腰痛などの持病もちを五〜六人集めて、「治療の会」のようなものを立ち上げた。

センセイの連れの女性は、治療を待つあいだ、さり気なく生命保険の勧誘をし、なるほどそういうコンビかとわたしは妙に得心したが、その片棒を担がされることで母の笑顔は次第に強ばった。

父は患者である客に感謝され、自分が褒められたかのようにいつも満面の笑みを浮かべている。あれこれ接待を言いつけられて愛想の少ない母に、「人の役に立つことがそんなに嫌なのか」と正論を振りかざし、センセイの帰宅後によく両親は口論になっていた。

治療は、リビングにつながる和室に薄い布団を敷いて行われた。治療中はセンセイと患者の二人になるが、治療待ちの客や父母がリビングにいるので、こちらにもその声は聞こえるし、彼らが和室に目をやれば、治療風景が目に入る。

名医の治療を数回受けても、わたしの左脚の不調はあまり改善しなかった。

五回目の頃だ。いつもの治療を施術したあと、「ちょっと強めの治療で効果を見てみようか」とセンセイは野太い声で提案してきた。

その治療には、段差のある場所が必要なので、和室ではなく、玄関脇の階段に移動して行うことになり、待合室化して世間話でわいわいと盛り上がっている客たちに声を掛けて、部屋を出る。

リビングのドアを閉めると、わたしたちは階段で二人きりになった。

「コカンセツをほぐすわな」

いまなら股関節だと理解できるが、当時はよくわからない。指示されるがままに、左足だけを一段上にかけた。

「ちょっとびっくりするかもしれんけど、痛くないから」

治療の日は、わたしはいつもゆったりしたスウェットパンツを穿いていた。センセイはそのスウェットを少しずらして下げて、そのなかに分厚い手を差し込んできた。そして下着のすぐ横の、太ももの付け根あたりの股関節をぐりぐりと揉み始めた。

最初は下着の横にあった指が、下着の上へと少しずつ位置を変え、そして気づけばその手は下着のなかにも入ってきていた。センセイの身体も手の動きと共にわたしの身体に密着してくる。

「ゆみちゃん、ケイケンあるの？」

一瞬、何を聞かれているのかわからなかった。「えっ」と驚いて小声を上げたわたしの陰部をまさぐりながら、「ここをほぐしてあげたら、もっと効果があるんやけど、ゆみちゃんはまだ無理かな」

センセイはごつい顔を紅潮させながら、口元ににやにやと笑いを浮かべていた。

ケイケンが経験であると思い当たり、わたしは身体を固くした。センセイはそれ以上、指を深く差し込んではこなかった。

「特別な治療」を終えると、わたしたちはリビングに戻り、センセイはなにもなかったように両親や客たちと談笑をし、残りの患者たちの治療を終えて、次回もまたお待ちしていますと両親は深々と頭を下げた。

センセイは謝金の入った白い封筒とお土産のお菓子袋を手に、保険外交員の彼女と一緒に白いクラウンで走り去った。

もう二度とセンセイの顔を見たくない。

けれども治療を止めにしてほしいとは言えない。ほかに楽しみにしている人たちがいたからだ。

ただただ気持ちが悪かった「特別な治療」について、両親に話すことはできなかった。恥ずかしさもあったし、それが治療か治療でないか、混乱していたのもある。

唯一わたしにできたことは、その次の治療の際に、再び階段での「特別な治療」をもちかけられたとき、「あの治療は効果がないのでいらないです」とリビングにも聞こえるように、わざと大きな声で告げることだけだった。客たちは、なんて失礼な物言いの娘だと思っただろう。

「ゆみちゃんは、気が強いな」

首と声の太いセンセイがこそっと呟き、またにやにやと笑いを浮かべたことをいまでも思い出す。

こんなおっさん、死ねばいい、と思った。

数回後、両親には「もう良くなったから」とわたし自身の治療を断り、センセイが来る日はなるべく家にいないようにした。

顔を合わせても、挨拶もそこそこのわたしに父は当然のように不機嫌で、「お世話になったのに」とセンセイに恐縮したが、年頃の女の子は難しいもんですよ、わはは、と鷹揚(おうよう)

に構えるセンセイに、死ねばいいのに、とやっぱり思った。

「特別な治療」について両親に話したのは、それから十五年以上経ってからのことだった。日頃から折り合いの悪い父娘だったが、ある日、父との口論がいつもより激しくなり、わたしは次のような意味のことを叫んだ。

あなたがわたしの人生に良いと勧めたことで、良かったことはなにもない。

なんやと、こら!

激高した父に、わたしは初めてセンセイの「特別な治療」について話した。そういうことを娘にしたのは、あなたが連れてきた男なのだと。

娘の口から聞かされた話に、父は激怒した。母はなぜすぐそのときに言わなかったのかと泣きそうな顔で問いただしてきた。

センセイとは、実は金銭的な面倒なことがあり、「治療の会」の数年後に縁が切れていた。やっぱりややこしい人間だったのだ。もうセンセイが赤の他人だから口にできたというのもある。

最初に会ったときから、わたしも母もそのセンセイが嫌いだった。そう責められると父は黙り込んで、その分、怒りを大きくしているのが伝わってきた。

「特別な治療」が、わたしに大きな心の傷を残したという覚えは、実は正直ない。不快感と嫌悪感。そちらのほうが大きかった。そういう恥を知らない、卑劣な行為を平気で行える人間がこの世にはいる。そのことが自分のなかに深く刻まれたというのはある。

わたしがその体験で行き場のない苦しさを感じたのは、ソイツを連れてきたのが父であったことだった。過干渉で、存在が重たすぎる父ではあったが、娘の身を案じてしてくれたことだと理解できるほどには、わたしも分別はついている。

でも、この人は善意や悪意に関係なく、娘のわたしに嫌な体験をさせる。それが自分の父である。そのことに絶望感を抱いた。

いまになって悔しさを感じるのは、「治療」なのか「わいせつな性行為」なのか線引きができなかったことで、怒り、恥ずかしさをどこに向けていいのかわからず、その混乱と苦しさを父に対する憎しみへと転嫁したことだ。

父を憎むことは「正義に反する」。わたしの生々しい感情は、行き場のない袋小路へと追い込まれた。「子を思う親を憎む」というジレンマに陥ることから逃げたくて、父の存在をよりいっそう避けた。

わたしたちが抱えていた問題はもちろんそれだけではないけれど、あの出来事が父娘の関係を、歪ませるきっかけの一つとなったことは間違いない。それをとても不幸に感じるし、いまとなっては、どこか父に申し訳ないという気持ちもある。なのにまだ腹立たしい気持ちも同時に浮かぶ。

もう三十年だぜ。

それぐらい性暴力は根深い傷跡を残すのだ。

そしていまならわかる。あれは治療なんかではなく、単なるわいせつな性行為であったことが。

この話を仲の良い友人に話せるようになったのもごく最近のことで、こうして文字にするのは初めてだ。

強姦されたわけではない。陰部に指を入れられただけだ。

「だけだ」なんて書くのは問題があるだろう。現在も似たような経験をして、追い詰められている人もいるだろうから。「だけだ」と思い込みたい、というのが正直なところかもしれない。

ふてぶてしいセンセイに「気が強い」と太鼓判を押されるほどのわたしでさえ、性被害の体験を語ることは、重い。そして、それを乗り越えて語る女には、好奇の目と、いわれのない誹謗中傷が投げつけられる。

どうなんだろう。四十もゆうに超えた女がおおっぴらに語る遠い過去にも、いわれない批判が飛んでくるものだろうか。この文章を以て、それを知りたいという気持ちもある。それぐらいの図太さがあって、こうして書けるほど、しんどいものなのだ。

いまになって書くことができたのには、ほかに大きな理由がある。

母がもうこの文章を読むことがないからだ。彼女が生きていたら、娘の身に起きたことを思い出し、母親として傷ついただろう。父も認知症が進み、この文章を読むことはない。だからこうして書ける。

二人をもし傷つけてしまうなら、不特定多数の目に触れる場で、わたしは自分に起きた体験をまだこうして文字にすることはできなかっただろう。

性暴力は被害者を何重にも傷つける。

たかが痴漢だなんて思わないでほしい。その被害者が、あなたの大切な娘であり、妻であり、家族であるかもしれない。

そして、それは女性に限ったことではない。あなたの大事な小さな息子が、性被害を受けて傷ついているかもしれないのだ。他人事ではない。そう感じてほしいと切に願う。

実は連載時、驚くほど多くの女性から「実はわたしも……」と性被害にまつわる体験を打ち明けられた。それほど身近に、間違いなく性暴力がある。

最後に、たったいま、性暴力や性犯罪被害で、傷ついたり混乱したり悩んだりしている人がいたら、安心して相談できる支援団体を記しておきたい。

日本全国にたくさんの支援団体があります。一つだけ記すのは、わたしの友人が直接関わっているＮＰＯ法人だからで、関西にあるけれど、遠方の方にはきっとあなたの近くで相談できる窓口を教えてくれるはずです。

どうか一人で抱え込まないでください。被害者のあなたにまったく落ち度はありません。加害者だけに問題があるのです。自分を責めないでください。あなたはなにも悪くないのだから。


「ＮＰＯ法人 性暴力被害者支援センター・ひょうご」ホットライン：〇六・六四八〇・一一五五（月～金／九時半～十六時半、祝休日・年末年始除く）

※プライバシー保護のため、一部を意図的にぼかしている部分があります。

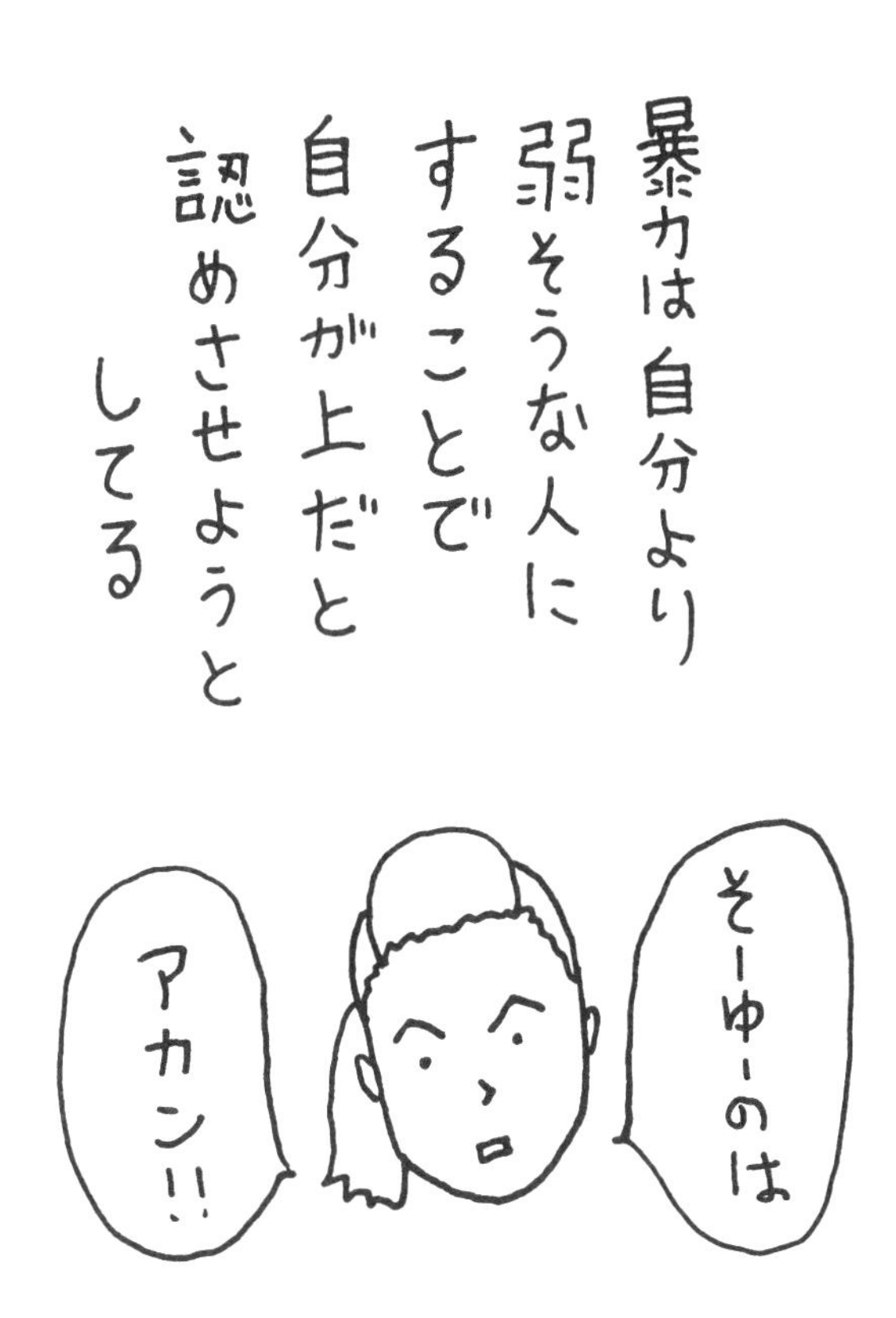
暴力は自分より
弱そうな人に
することで
自分が上だと
認めさせようと
してる
そーゆーのは
アカン!!

第5章

父の介護と母の看取り。「終末期鎮静」という選択

老人ホームに親を預ける

『毎日がアルツハイマー』という映画作品がある。

監督である関口祐加（ゆか）さんが、アルツハイマー型認知症が進行している実母との日常を記録したドキュメンタリー映像だ。

彼女たちの日常風景は二〇一二年に映画化され、「認知症あるある」が満載の、切実だけれど、どこかユーモラスな作品として公開され話題となった。

二〇一四年には続編『毎日がアルツハイマー2　関口監督、イギリスへ行く編』が公開。サブタイトルのとおり、関口監督が「パーソン・センタード・ケア＝認知症の本人を尊重するケア」という考え方と出会い、認知症介護最先端のイギリスへ飛ぶ。

わたしも介護職員初任者研修（昔のホームヘルパー二級）の受講時に学んだが、「パーソン・センタード・ケア」とは、認知症の人を一人の「人」として尊重し、その人の視点や立場に立って理解し、個別なケアを行おうとする認知症ケアの考え方だ。

こう書くと当たりさわりのない内容に聞こえるが、関口監督が訪ねるハマートンコート国立認知症ケア・アカデミーの風景を見ていると、こう、もっと深い、その人個人のナラティブ（物語）を大切にする、肌のぬくもりが伝わるようなケアであることが感じられる。

そして、二〇一八年七月には第三作となる『毎日がアルツハイマー　ザ・ファイナル〜最期に死ぬ時。』が公開された。

この『ザ・ファイナル』は、関口監督が両股関節の痛みの悪化から、入院・手術を受ける場面から始まる。

アルツハイマー型認知症が少しずつ進行しつつある母・宏子(ひろこ)さんも、脳の虚血症発作を四回起こし、意識不明で緊急搬送された。介護される側も介護者も共に老いる、いわゆる「老々介護(ろうろうかいご)」の様相が見えてくる。

そのことをきっかけに、関口監督は次第に、「ケアの終わり」と「母の死＝看取り」について考え始める。それは介護者である娘に、認知症である母の命を預かる責任の重さを痛感させることにもなる。

前振りが長くなったが、この『毎日がアルツハイマー』シリーズが、神戸の元町映画館で一挙上映されることとなり、『ザ・ファイナル』上映会後のトークイベントに登壇することになった。

声を掛けてくれたのは、友人であり、在宅ホスピス・ケア「しんじょう医院」院長で、緩和ケアの専門医である新城(しんじょう)拓也先生だ。

わたしには、十八年前に二度目の脳梗塞で倒れて以来、左半身麻痺(片麻痺)と高次脳機能障害による認知障害、それらにともなった脳血管性認知症と、最近ではアルツハイマー型認知症が併発して進行している父がいる。介護度認定だと要介護3だ(介護度は、要支援1~2、要介護1~5の七段階があり、要介護5は日常生活全般において全面的な介助が必要であり、意思の伝達も困難な人が対象とされる)。

幸い利き手である右は麻痺がないので食事は介助なしで可能だが、着替えや車イスへの移乗、トイレなどはある程度一人で行えるものの、ふらつきによる転倒を繰り返していることから可能な限り補助が必要で、結局のところほぼつきっきりの見守りと生活介助を必要とする状態だ。

兄、弟とわたしのきょうだい三人が結婚して独立したあと、両親は二人で暮らしながら、約十六年ものあいだ、母が父を一人で在宅介護していた。

典型的な男尊女卑の、家父長制の権化(ごんげ)のような父は、ごく当たり前に母を自分の手足であるかのように扱った。

その母が二年半ほど前に七十歳で永眠した。必然的にわたしたちきょうだいは、残された父を通して「認知症の介護に関わる」こととなる。その日常(というかほぼ愚痴(ぐち))をSNSでも発信していたため、映画のテーマに合うのではと考えて、新城先生はお声がけくださったそうだ。

とはいえ、わたしは関口監督のように、自宅で親を介護しているわけではない。母の最後の入院時に、介護者なしで暮らせない父は、居宅介護支援サービスでの短期入所（ショートステイ。利用期間が限定される）を利用することになった。

結果としてそのまま母が逝ってしまった。だが、わたしたちは誰も父を自分の家に引き取ることができない。

ケアマネージャーさんや施設の職員さんのご協力のおかげで、その後一年ほど、あくまで居宅介護支援の延長という形でショートステイをつなぎながら、ようやく介護老人福祉施設（いわゆる老人ホーム）に正式入所することができたのが一昨年の一月のことだった。

そこは母が生前「ここなら父も安心して過ごせるだろう」と、希望を出していた実家にほど近いホームで、父はいま、そこの個室で暮らし始めて一年ほどになる（執筆当時。理由は第9章で後述します）。

老人ホームに親を預ける。そのことに対して負い目があった。自宅で認知症の人を介護されている家族に対して、どこか引け目を感じるのだ。いまもそれはある。

ただ、この二年半のあいだ、もし親が介護施設でお世話になっていても、家族は「預けっぱなし」になんてできないということも、つくづく実感させられた。

特に一年目の短期入所の場合は、あくまで「居宅介護」を補佐するための介護保険サービス利用となるため、家族に求められるサポートも多い。細かいことで言うと、病院への付き添いは家族が行うのが基本となり、歯医者に整形外科、泌尿科、内科などの通院時にも、わたしたちの誰かが仕事を休まざるを得ない。

通院だけでなく、転倒による脳出血や、胆管結石の手術時などの入院も少なくなく、その際には毎日病院に足を運ぶことになった。

数え切れないほどの転倒などによる突発的な怪我も家族を走り回らせた。しかしそれ以上に頭を悩ませたのは、四六時中そばにいた妻という介護者と、住み慣れた自宅という環境を失い、プライベート空間のほとんどない四人部屋での生活を強いられた父が、そのストレスからか、いわゆる認知症の周辺症状を見せるようになったことだった。例えば、「物盗られ妄想」では、入所者間でさまざまなトラブルを起こし、わたしたちはその度に施設に駆けつけて、職員さんからの説明と父の言い分を聞き、その状況を収める方法を探さねばならなかった。

職員さんはみんな精一杯の手一杯で、わたしたちは申し訳なさでいつも頭を下げっぱなしだった。なにもなさそうな日も、父から一日に三〇回ほど電話の着信がある。直近の記憶が難しいので、電話を掛けたことを忘れてしまうのだ。これもまあしんどい。

もし誰かが父を引き取って自宅で介護をすればそうした問題は起こらないのだろうか。そうやって自分たちを責める家族も正直辛いが、やはり誰よりも父本人が辛かっただろう。

死の影

という父の話はひとまず置いておく（えええ!?）。

言いたいのは、父を介護施設に任せているのに愚痴ばかりこぼすようなわたしが語るなんて憚られるほど、認知症の家族の在宅介護は大変だろうということだ。

だから、新城先生からトークイベントにお声掛けいただいたとき、正直、わたしなんかで大丈夫なのかという疑問が否めなかった。

ただ、『毎日がアルツハイマー　ザ・ファイナル～最期に死ぬ時。』は、別の意味でわたしを強く惹きつけた。

三作目につけられた副題のとおり、関口監督は介護のあとに必ず訪れる「死」を意識し、お母さまのみならず、ご自身の「死に方」について考えるようになる。緩和ケアにはじまり、終末期鎮静（ターミナルセデーション）、そして安楽死や自死幇助といったテーマを抱えて、イギリスやスイスに飛ぶ。

わたしの母も最期は、緩和ケア、そしてそれでもとりきれない終末期の苦痛をとるための鎮静を受けたことを思い出す。というより、この二年、母の終末期のあれこれを忘れたことはない。常に頭のどこかにあのときの光景がこびりついている。

「緩和ケア」や「ホスピス」という言葉は、たいていの人がなんとなく耳にしたことがあるだろう。

厚生労働省の「がん対策について」という政策レポートでは、現在、〈「日本人の3人に1人ががんで死亡している。」とも言われています〉とある。

そうした現状のなかで、末期のがん患者の苦痛をやわらげるための緩和ケアがあり、緩和ケアを専門としたホスピスがある。

緩和ケアとは、簡単にいえば、がんなどの病気により死に直面した人がもつ、身体的、精神的な苦痛をできるだけ抑えて、最期までその人らしく生きるために行われるケアだ。

第2章で書いたように、わたしは一年半ほどホスピスを継続して取材したことがある。

ホスピスでは抗がん治療や延命治療は行わないが、痛みを抑える投薬コントロールなどの緩和ケアはかなり積極的に行われることを知った。そして患者とその家族のＱＯＬ （quality of life／人生の内容の質や、生活の質）を下げないように、そこまでするのかと驚くようなきめ細かなケアが行われているのを目の当たりにした。

そうしたこともあり、わたし自身がもしがんの末期で余命宣告を受けた場合は、ホスピスでの緩和ケアを希望したいと考えている。

しかし母はホスピスでの緩和ケアを希望することがなかった。なぜならば、彼女の想定する未来には「病気を治して、生き続ける」ことしかなかったからだ。

母はC型肝炎ウイルスのキャリアだった。四十代の頃、献血時にその事実を知らされたと聞いた。当時、「わたしは血も人の役に立たないのね」と暗い顔をしていたことを思い出す。

C型肝炎ウイルスのもっとも多いといわれる感染経路は、かつてのずさんな医療現場での注射器具の使い回しや、医療器材の再使用や不十分な滅菌処理だといわれていて、戦後の社会問題の一つともなっている。母もそうした被害者の一人だった。

医療現場の環境は改善されたが、未だ国内のC型肝炎ウイルスのキャリアは約一九〇〜二三〇万人、また、肝炎を発症している患者は約三七万人と推定されている（※ウイルス保持者は平成十六年度、患者数は平成二十年調査による推計）。

C型肝炎ウイルスの保持者は、長期間に亘り肝障害が持続し、徐々に肝細胞機能が低下し肝硬変に至る。また肝がんを併発することも多い。つまり二〇〇万人前後のウイルスキャリアが、そうした可能性を秘めているというのが日本の実状なのだ。

わたしと異なり一滴の酒も飲まない母だが、肝炎ウイルスは確実に彼女の肝臓を蝕み、典型的な肝炎患者が辿る道を歩むことになった。

六十の声を聞く頃から、彼女の肝臓には悪性腫瘍の影が写るようになり、三〜四年の間隔をおいて二度のカテーテル治療が施され、ひとまず肝がんの進行をくい止めることができた。しかし肝硬変は確実に進んでいく。肝臓は「沈黙の臓器」と呼ばれていて、多少の悪化では自覚症状はないが、深刻化するにつれて相当な怠さを伴うそうだ。

おそらくかなりのしんどさが常に付きまとっていたであろう彼女だが、自身の肝臓を労ることに専念できない事情があった。二十四時間気が休まることのない父の介護を、一身に背負っていたからだ。

五十代半ばから始まった終わりの見えない介護生活。最初は責任感と気力で乗り切っていたが、自身の加齢と肝臓の状態の悪化から、急激に彼女は老いていく。

二度目の肝がん発症の頃には、夜中に何度もトイレに立ち、転倒を繰り返す父の見守りから、ほとんど寝られないという不眠状態にも陥り、ふっくらしていた母の肌はみるみる萎み、実家に帰る度に、体重も体力も失っていくことが一目でわかった。

「子どもには迷惑をかけたくない」というのが口癖だった彼女は、電話口では大丈夫と言いながら、最後の入院の直前の正月に実家に寄った際には、ベッドから起き上がることもできないほど衰弱しきっていて、寝室のドアを開けると力なく笑みを浮かべる姿が痛々しく目に飛び込んだ。

いつもおせちをありがとう。

母が大変だろうからと、例年実家のおせちを手配してくれていたわたしの夫への礼をまず口にして、「折角来てくれたのに、横になったままでごめんね」と娘に詫(わ)びた。

ここまで来たか。

わたしは初めて母に死の影を見た（遅い、遅すぎる……）。

どうやら、その半月ほど前に受けたカテーテル治療が、想像以上に母の体力を奪ってしまったようだ。それでも父は、変わらず妻に食事の支度や入浴の介助をさせ、日常のこまごましたことを要求した。何十年とそうしてきたように。

普通の人の感覚ならそんなことができるはずがない。脳血管性の認知症か、高次脳機能障害による認知判断力の低下がそうさせたのだろうか（ということは、鈴木大介さんの『脳が壊れた』を読み、あとになって気づいた）。

兄や弟と相談した。もはや母に父の介護をさせられない。情けないけれど、自分たちにも難しい。

若い頃から困ったり弱ったりしている人に手を差し出さずにいられなかった母は、「パパをホームに預けるなんてやっぱり可哀想」と最後まで頑(かたく)なに拒んでいたが、もはやそんな悠長なことを言っている場合ではない。彼女自身の命がかかっているのだ。

父には申し訳ないけれど、母を父の介護から解放するしかない。ケアマネージャーさんと相談し、正式にホームに入所申請を出したのが、年が明けてすぐのことだった。

ようやく父と離れることを決意してしまえば、これからは一人で好きに生きられるのね。力ない声ではあるが、母はそんな老後を嬉しそうに語り、心から楽しみにしていたようだった。

しかし、これからは治療に専念するという母を前に、正月明けの検査結果を眺めて、担当医は表情をひどく曇らせた。数値が非常に悪い。正直、いつどうなってもおかしくない状態にある。自宅での生活の負担が大きいなら、肝機能をこれ以上落とさないために入院してはどうかという提案を受けた。

担当医の提案を一旦断った母だが、翌朝電話があり、あまりにしんどくて動けないのでやっぱり入院したいとほとんど泣きそうな声で訴えてきた。

病院に電話をすると、ひとまず救急外来に来てくださいと返答がある。病院で落ち合った母は、一歩足を動かすにもふーふーと息を切らし、見かねて駆けつけてきた看護師が、動かずにここで座って待っててくださいと声を掛けてくれた。

救急から担当医に連絡が入り、即日入院を調整してくれたのだが、父がまだホームへの入所はできないので、入院中のショートステイ先の調整と着替えなどの準備をしておきたい。もう自分が父のお世話をすることはこれで最後になるかもしれないから、と。

それは父の施設入所を考慮した彼女の予想から出た言葉だったが、皮肉なことに異なる意味で現実になってしまう。ともあれ母は責任感からなのか頑固に言い張り、入院は翌週に延期された。

お前は実家に泊まり込んで母を助けたほうがいいのではないか。わたしの夫は心配してそう提案してくれたが、母は気持ちだけで十分だときっぱり断ってきた。どこまでも人に気を遣われるのが嫌な、頑固な人でもあった。

翌週、急性期の病棟への入院時には、弟嫁ちゃんが母を病院まで車で連れてきて、細々とした手配を手伝ってくれた。母はぼんやりベッドに腰掛けながら、明るい個室をぐるりと眺めて、どこかほっとしたような表情を浮かべていた。

しばらくゆっくり寝て過ごして、とにかくもう少し体力をつけようね。

そうね、わたしはまだまだこれからやりたいことがあるの。もうパパに振り回されなくてもいいと思うだけで、元気が出そうよ。

翌朝、病室を見舞うと、久しぶりにゆっくり寝られたと、明るい笑みが浮かんでいた。そんな顔を見たのはもう何年ぶりだろう。病院併設のタリーズのコーヒーを一緒に飲みながら、母はにこにこしていた。

だが、その翌日、病室の扉を開けると待っていたのは、苦悶の表情でのたうちまわる母の姿だった。

その日から、合併症、感染症と次々と容態は急変し、肺水腫が最後の打撃となり、安静のための入院のはずが、ちょうど二週間で彼女は逝ってしまった。

終末期鎮静と安楽死

母の死は、あっけないものではなかった。

入院二日目からさまざまな症状が彼女を襲い、苦痛は彼女を不機嫌にさせ、唸(うな)り、叫び、悶(もだ)え、常に気丈に振る舞っていた母が、どんどんわたしの知っている母ではなくなっていった。

　ごくたまに苦しさがましになったとき、母は必ず今後の楽しみについて話をした。わたしたち母娘は二人で旅行に行ったこともなく（それは父を起因として、ある時期まで母娘関係が良くなかったことに関係するのだが）、一緒に温泉に行こう。ね、いいでしょ。そうやね、行こう。だから頑張って治療して元気になろう。

　同じ内容を、母が苦痛にあえいでいるときに励ましの意味で持ち出すと、「これ以上、なにを頑張れっていうのよ」と、彼女は強い口調でわたしを責めた。いや、わたしが彼女を責めてしまったのだと、いまならわかる。病人は限界を超えて頑張れる以上に頑張っているのだ。

　ふと気づいたことがあった。

　わたしはその半年ほど前から、母の通院や検査に付き添っていたが、いわゆる「余命宣告」を受けたことがなかった。

　肝がんはひとまず落ち着いていたが、肝硬変に対する担当医の所見はたいてい「いつなにがあってもおかしくない」というもので、あれがいわゆる余命宣告だったのだろうか。だが、具体的な期限というか数字を伝えられることは一度もなかった。

　容態が急変し、思いきって担当医に訊ねてみたのが入院三日目のことだった。「長くて半年」と返ってきた言葉に愕然とした。わたしはまったく現実が見えていなかったのだと思い知らされた。

入院四日目には全身に力が入らなくなりほとんど自力で寝返りさえ打てなくなった母を目にし、五日目以降は病室で付き添うわたしは医師から頻繁に呼び出しを受けることになる。

その度に、あとひと月、あと半月と、彼女に残された時間は短くなっていく。

同時に、急性期の病棟では、これ以上できることはないため、安静のための転院の話をもちかけられた。

そして「もしかすると一週間も難しいかもしれません。会いたい人がいれば呼ぶように」と告げられたとき、「死」はすぐそこに現実として見えた。

ああ、もうだめなんだ。

わたしは治療の継続を望む母がホスピスに入れないことを知っていた。ホスピスは本人が命の限りを受け入れた末期のがん患者のための場所だからだ。

苦痛を緩和するためにホスピスを選択するには、彼女にその過酷な現実を伝えなくてはならない。ただひたすら、病気を治して自由に生きたいという希望だけで気力を保っている母が、その希望すら失ったときのことを想像するのが、わたしはなにより怖かった。

娘らしい孝行もせず、父の介護のすべてを押しつけたことで彼女をここまで追いやってしまった。

その挙げ句、苦悶の表情を浮かべながら唸(うな)り苦しみ抜いても、その時間のすべてが回復につながり、その先には自由な人生が待っていると信じて、けして希望を捨てない母を、結果として騙しながら、ただそばで見守るしかできないことは、これまで生きてきてこんな苦しいことはないという時間でもあった。


担当医とはこまめに相談を重ねた。ありがたいことに、母の要望を尊重して肝臓のための治療も継続しつつ、できるだけ痛みをやわらげる緩和ケアも始めてくれていた。

だが、彼女はすでに十分すぎるほどに頑張っている。今後、彼女自身が壊れてしまうほどの苦しみが襲うとき、「終末期鎮静」を行ってもらえるかどうか、わたしから相談をした。どうか最期はできるだけ苦しまずに眠らせてあげてほしい。

担当医はそれを理解して、そのときが来たら、相談しながら鎮静を行いましょうと答えてくれた。

兄や弟にそのことを伝えると、最初は「安楽死はさせたくない」と拒否反応があった。

よく誤解されるが、終末期鎮静と安楽死はまったく異なるものだ。

緩和ケアの専門医の新城拓也先生は、著書『がんと命の道しるべ 余命宣告の向こう側』でこのように説明している。

「鎮静」とは、がんの患者が亡くなる前おおよそ一週間以内に、あらゆる緩和ケア、治療をしても苦痛が緩和されない時、鎮静薬（睡眠剤）を使って眠ることで、苦痛がない状態にする方法である。鎮静薬は、亡くなるまで使い続けることがほとんどだ。亡くなる前に治療できない苦痛がある時、薬で眠ったまま死を迎えるようにする治療と考えてもよい。

また、新城先生はこうも書いている。

よく患者から、「最期に苦しんだらモルヒネを注射して楽にしてください」と頼まれることがある。しかし、モルヒネは痛み止めに使うもので、鎮静に使う薬はそれとは違う。モルヒネは痛み以外の苦痛にはそれほど効かないので、最期の苦しみをとるには不向きなのだ。

つまり、最期の苦しみとは、肉体的な痛みだけではないということだろう。

わたしも母が辛そうなときに、何度も「どこが痛いの？」と訊ねたが、「痛いとかじゃないのよ。わからないけど苦しいのよ。どうしてこんなに苦しいの」とほとんど悲鳴のような声で逆に怒って訊き返された。

看護師さんは、「身の置きどころがないような感じですか」と母を労るようによく声を掛けていた。そうして背中を優しくさすったり、温かいタオルで手足を拭いてくれたりした（同じことをわたしがしようとすると、あなたには無理。プロに任せてちょうだいと叱られたのだが……）。

この「身の置きどころがないような苦痛」は肉体の苦痛に加えての心の苦痛で、「死にたいほど辛い」ものだという。母の場合もそうだったが、肉体的・精神的な苦痛から、せん妄と呼ばれる、意思の疎通が困難な意識の混濁した状態も見られるようになった。

そうした状態になったとき、もはや緩和ケアではとれない苦痛をとるために、終末期鎮静は行われる。

鎮静を行うには本人の意思が尊重される（本人の確認が難しい場合は家族の意思決定だけで行われる場合もある）。

母の命がもう限界であることは本人には伝えないで、その上で鎮静について本人に確認することは、担当医にはかなりの無理難題だっただろう。

医師として嘘は言えない。でも全部を伝えることもしないという方法を採って、母の意識が少ししっかりしているときに、こんなふうに噛み砕いて説明をしてくれた。

眠ることさえできないほどの苦しさなんですよね。それを和らげるために、眠って苦しさをおさえる方法もあります。もう十分頑張ったので、眠って休んだほうがいいのかもしれないですが、どう思われますか。

よくわからない。でも、死んだほうがましなくらい苦しい。弱音を吐かなかった母が担当医にそう訴えた。

母の意図は「生きるため」のものではあったが、母自身が言葉にしてくれたことにどこか安堵した。

鎮静により、最期は苦痛から逃れることができるはずだと感謝すると同時に、けして「生きること」を諦めない母を裏切って、彼女の「死」を想定している自分はいったいなんだろうと、心が引き裂かれもした。

ほどなくそのときが訪れた。

担当医はとても注意深く、ごく低用量から鎮静薬を使い始め、母の意識は少しずつ少しずつ低下していった。

それでもなお、時折、苦しそうにうめき声を上げる母本人が、実際のところどう感じていたのかわからない。

看護師さんたちは、「もう苦痛はないはずです。でも、意識はありますし、耳は聞こえていますので、話しかけてあげてくださいね」と言うのだけれど。

ママ、どうしてそこまで頑張るの。もう頑張らなくていいよ。

思わずそんなふうに声を掛けてしまう娘に、きっと母は腹を立てていただろう。勝手なことをして、わたしの人生なのに、と。

いまでも思い返すと心が揺れる。

どんな死を選択するか

現在、ＳＮＳなどウェブ上でご自身が末期がんであることを公表され、終末期鎮静や安楽死について言及されている、写真家で元狩猟家の幡野（はたの）広志さんという方がいる。二〇一七年十二月に血液がんである多発性骨髄腫を発病し、余命三年という宣告を受けた。

彼が、昨年（二〇一八年）十二月二十六日に、noteというブログのような媒体で、「死ぬかもしれないから、言っておきたいこと。」というタイトルで、こんなことを書かれていた（一部抜粋）。

もしものときはセデーション（鎮静死）はできますか？　とこちらから質問すると概ねいい答えが返ってきたので安心をした。

苦しんで死ぬというパターンも、助からないのに延命治療で生かされるというパターンも避けられる。そしてその両方のパターンを妻と子どもに見せなくて済む。

医師と患者がこのやりとりができたことが、ぼくはとても良い〈こ〉とだとおもった。

医師がおなじ質問を家族にしてしまうと、こうはならない。

（略）

患者が望む最後と、家族が望む最後は違う。

患者は苦しみたくないが、家族は悲しみたくないのだ、意見が一致するわけない。

そして医師が尊重するのは、家族が望む最後なのだ。

野次に負けた妻が人工呼吸器を使って延命してほしいといったり、心臓マッサージを希望すれば、医師はやる。なぜ医師がそれをやるかというと、それが医師の望む最後だからだ。

そして鎮静死、セデーションは医師の裁量で行うものなので患者が希望しようが関係ない。

患者の意見が尊重されない仕組みになっている、それが日本の医療の現実だ。

誤解しないでほしいのだけど、医師や家族だけが悪いわけじゃない。

意思表示を明確にしない患者も悪いのだ。（※表記は原文ママ・〈　〉部分は筆者追記）

患者の意見が尊重されないというくだりは、もしかすると、意思疎通が難しくなった状態でのことかと推察するのだが。

確かに母の場合は、「生きたい」のに、家族（わたし）の判断によって鎮静が行われたという点では、幡野さんとは逆の意味で「患者の意思が尊重されなかった」と言えるかもしれない。

綴られているように、幡野さんは終末期鎮静に対して前向きだ。自分のためにも家族のためにも。また、安楽死に対しても肯定的で、「言いにくいのだけど」という前置きをして、こんな意見も述べている。

――ぼくが肌で感じたなかで一番強く反対するのは、家族や大切な人をトラウマや後悔を抱えるかたちで、ガンなどで亡くしてしまった一部の人だ。

（略）

なぜなら〝安楽死〟という言葉を想像したとき、賛成する人は自分の命に置き換えて、自分だったら苦しみたくないなぁと、必要性を感じて賛成をする。反対する人は〝安楽死〟という言葉で、家族や患者の命で想像するから、死なせたくないという気持ちで反対するのだ。

（略）

必要な人は選べばいい、不必要な人は選ばなければいい、ただそれだけのことだ。

ウェブ上で全文が読める。ぜひご一読いただきたい。

幡野さんは、それぞれの立場で思いはあるが、患者本人の意思を尊重することがなにより大切だと繰り返している。

最期まで生きたがった母のことを思い出すと、やはり複雑な思いがある。あのときは最良の選択だと自分に思い込ませたが、後悔がないとはやはり言い切れない。母に対する申し訳なさは、この先消えることはないだろう。

安楽死については、わたしは否定も肯定もできない。なんだか情けない言い方になるが、正直、想像がうまくできずよくわからないのだ。

『毎日がアルツハイマー　ザ・ファイナル』で関口監督は、スイスの自死幇助クリニックの院長である、エリカ・プライチェク博士を訪ねる。スイスは世界で初めて一九四二年に「自死幇助」が合法化された国だ。

この自死幇助と安楽死は混同されがちだが、はっきり異なるものだ。

安楽死では医師が患者の命を断つが、自死幇助では医師は薬の準備をするまでで、命を絶つことは患者自らが行うという違いがある。この違いは大きい。

エリカ博士自身も、彼女の父の強い要望によって自死幇助を経験することになった。彼女の肩によりかかって、父は眠るように逝ったという。

彼女の自死幇助クリニックでは、家族に自分の意思を説明した患者しか自死幇助を受け付けていない。患者は家族に自死幇助についてオープンに話した上で、家族の見守るなか、自ら死んでいくことになるのだ。

「家族に最期のお別れも言えるし、新しい死に方の文化」だとエリカ博士は語る。

ただ、エリカ博士が関わっている在宅医療では、九九パーセントは緩和ケアを選択するのだそうだ。その緩和ケアには終末期鎮静も含まれている。

鎮静を行った患者さんは意識がないまま深い眠りのなかで命を全うするが、そうした終末期鎮静は自死幇助とは無関係だと彼女は話す。

エリカ博士自身が恐れるのは、認知症や脳卒中の後遺症により、自分で「死」に対する意思決定ができなくなることだという。自死幇助に必要なのは、「健全な精神」なのだとエリカ博士は語った。

映画『毎日がアルツハイマー　ザ・ファイナル』は、認知症の人の死を誰が決定するのかということも問う作品だ。

これは、わたし自身にも切実なテーマだ。父がこの先、もし緩和ケアが必要となるような苦痛に満ちた終末期を迎えたとき、彼が「どんな死を選択するか」を誰が決めるのだろうか。おそらくそのときの父は、自分で判断することはできないほど認知機能の低下した状態にあるだろう。

わたし自身は、自分になにかあったとき、延命措置をしないでほしいこと、緩和ケアや終末期鎮静についても肯定的であることを身近な家族に伝えてある。

エリカ博士が言うように、また幡野広志さんが発信されているように、「自分で決める」ことが大切であると考えている。ただ、それでもやっぱり自分の意思が変わらないとは限らない、とも思う。

こうして自分が「どう死ぬか」を考えることは、同時に「どう生きるか」を考えることと同じように思うのだ。たとえ余命宣告を受けて、どんなに死が近づいたとしても、人は死ぬ瞬間まで生きている。だからどんな「死に方」を選ぶかを考えることは、「どう生ききるか」という意味を含む。それはけしてネガティブなことではない。そんなふうに感じている。

余談になるが、ほぼ二週間つきっきりで、最後は病室に泊まり込んでいたわたしだが、母の死に目には会えなかった。

その日も苦しい夜をなんとか乗り越えて、今日もまだ頑張ってくれそうだと、兄や弟と交代しながら食事をとったりしているなか、ふと鏡に映った自分の顔が目に入った。そこには化粧のはがれたみすぼらしい四十女の姿があった。

母はわたしが身なりに構わないことをとても嫌がる人だったので、手鏡をのぞき込みながら、アイブロウで眉毛を真剣に描いていた。すると背後から、緊迫した気配で兄が母を呼ぶ声が聞こえて、振り返ると彼女は静かに息を止めていた。

ま、眉毛かよ……。

そういう意表を突いた逝き方も母らしくて、思い出す度にいつも切なくて、でもちょっと可笑（おか）しくなる。人の死に際というのはほんとうにわからないものだ。

今まで以上に
マユ毛を
描くことを
大事に
する

キュッ

第6章

哀しき「おねしょ」の思い込み

原因は育て方？　ストレス？

ひょんなことから、社会福祉士の国家試験の受験資格を取得するために、昨年四月から専門学校に通っている。

といっても通信制なので、厳密には「通っている」わけではない。仕事や家事の合間にテキストを開いて、課題をこなすという日々だ。

始めてみて驚いたのだが、社会福祉士（以下、社福士）の国試必修科目はとにかく多い。一九科目もある。なので、一カ月に一科目取り組んだとしても一年半は軽く過ぎてしまう。マイペースでぼちぼちやろうと舐めてかかっていたが（おいおい）、数カ月ごとに締切が設定された課題の量が半端なく、仕事よりもよっぽどタイトでキツい。

そもそも、であるが、この文章を読んでくれているなかで、「社会福祉士」と言われて、「ああ、あれする人ね！」とぴんとくる方がどれだけいるだろう。

なんとなく試験勉強を始めたものの、わたしが業務の内容を具体的にイメージできるようになったのも、一年以上経ち、実習を体験して以降のことだ。

思いきりざっくり説明すると、「社会のなかで困っている人に対して、社会福祉制度などを用いてサポートする人」という感じだろうか。また、その人のもっている力（ストレングス）に着目するということも重要な要素の一つだ。

わたしたちは生まれながらにして、すでにさまざまな「権利」をもっている。「社会福祉」に関心をもったもっとも強い理由も、「わたしがいったいどんな権利をもっているのか知りたい」ということだった。

少し前にドラマ化され話題となったコミック『健康で文化的な最低限度の生活』（柏木ハルコ著・小学館）のタイトルは、日本国憲法第二十五条第一項で「すべて国民は、健康で文化的な最低限度の生活を営む権利を有する」と定められた文面そのままで、これは「生存権」保障の規定でもある。

生活困窮者やホームレスに対してもさまざまな支援制度があるが、普通に暮らしていてそれらに精通するのはなかなか難しい。

つい先日、駅前のスーパーで、ボブ・マーリーのような天然ヘアをした、もう何カ月もお風呂に入っていないことを裏付ける独特の匂いを放つ男性とすれ違った。

ちらりと横目で見た彼の右手首から先は小刻みに震えていて、左手でそれを押さえようとしていた。アルコール依存症の路上生活者だろうか。あるいはパーキンソン病などのなにかの病気か障害だろうか。

いずれにせよ、彼は明らかになんらかの「困りごと」を抱えていた。

それがわかっているのに、わたしにはなにもできなかった。

スーパーの隣には区役所があり、なかには福祉課の窓口がある。そこに行けば、なにか手があるだろう。わかっているのに、どう声を掛けて良いのかわからなかったのだ。いきなり知らない女に声を掛けられて、役所に連れていかれるなんて、どう受け取られるだろう。もしわたしがごく自然に、「困っていることはありませんか?」とでも訊ねられたら、なにかが変わったかもしれない。でもそんなことができる自信はなかった。

いまも彼の震える右手が脳裏に浮かび、不甲斐(ふがい)ない気持ちになる。

先だってより、児童相談所の対応が問題となり両親による虐待の犠牲となった女の子の事件が大きく報道されているが、児童に限らず、高齢者や障害者を含む虐待の事件は増える一方だ。わたしたちの身近で虐待が起きている可能性が低くないということが、簡単に想像できる。

もし虐待を受けている疑いがある児童や高齢者、障害者を発見したら、わたしたち国民の全員に、確証がなくても通報の義務がある。「したほうが良い」ではなく「しなくてはいけない」のだ。

わたしは社福士の勉強を始めるまで、そんなことも知らなかった。

資格うんぬんではなく知識って大事だ。そしてその知識を使うタイミングが来たときに、さっと取り出せる意識をもつことがなにより大事だと思う。

社会福祉制度の基礎知識や、制度がどうやって生まれて変化してきたのかという歴史的背景、社会保障や年金や保険の制度。現代社会では切実な高齢者に関わる法制度や障害者に関することはもちろん、社会調査の基礎に、地域福祉の理論など、覚えることが「わー」と叫びたくなるほど山盛りのテキストを前に絶望的な気持ちになることも多いが、いつかなにかの役に立つかもしれない。

もちろん自分自身が助けてもらえるかもしれない。そう思いながら今日もテキストにがりがりと線を引いている。

さて、ようやく本題に入る（前置きかよっ）。

必修科目の一つである『人体の構造と機能及び疾病』のテキストを読んでいたある日、さらりと書かれているある一文に、思わず「ええ!?」と叫んでしまった。それは「幼児期の健康課題」という項目に記載された、おねしょに関する説明文だった。

〈夜尿症（おねしょ）は小学校に入る頃も約1割の子どもにみられ、男児での頻度が高い〉

え、うそっ!!!

読み替えれば、「小学校に入る頃には九割がおねしょをしなくなる」ということになる。

おねしょ……。封印していた暗い過去が、にわかにびちょびちょと蘇る。

できれば黙っておきたかったが、わたしはおねしょ歴がとても長かった。

毎晩というパターンではないが、小学校に上がってからもしょっちゅうおねしょをしたし、四～五年生あたりまで、月に二、三度は布団をじっとり濡らした覚えがある。

さらにいえば、中学に入ってもおねしょをすることが時々あった。そんなこと、恥ずかし過ぎて友達の誰にも打ち明けられない。そして記憶があいまいだが、最後におねしょをしたのはおそらく高校時代だったのではと思い出す（セーラー服を着た女子高生だぜっ。ふぅ……）。

話題にすることさえなかったので、ほかの子がどうなのかわからなかったが、「おねしょ＝小さい子どものする恥ずかしいこと」と感じていたので、なんとなく自分は「普通じゃないのかもしれない」という意識はあった。

ただ、不思議なことに、おねしょ癖について深く悩んだという覚えはない。

最近、知人に教えられて知ったのだが、作家であり芸術家でもあった赤瀬川原平さんもおねしょがコンプレックスだったそうだ。『ＮＨＫ知るを楽しむ 人生の歩き方』（二〇〇六年・ＮＨＫ出版）では、「ぼくにとって、貧乏とおねしょは似たようなコンプレックスの原産地ですね。人間形成を考えると、こういうものがあるとないとではずいぶん違います」

と語っている。中二まで毎晩のおねしょが治らず、「一生こうなのか」と自分の運命を憎んでいたが、ある夜、雑魚寝をしなくてはいけない状況になり、その夜をきっかけにおねしょがなくなっていったそうだ。貧乏もおねしょも辛くて暗い出来事のはずなのに、赤瀬川さんは飄々としている。それはどん底を知っているから強いのだと言う。「あれに比べたらまだいいやと思える」のだと。

わたしは赤瀬川さんのように毎晩というわけではなかったし、もっとほかにしんどいことがあったので、そこまで思い詰めることも、人間形成に影響を与えることもなかった。その理由は後述するが、おねしょとも密接に関係する。

それにしても、四十代後半のいまになって、九割の人が小学校に入る前にはもうおねしょをしていなかったという事実を知り、驚きすぎてお漏らししそうになった。いまさらだけど、みんなが羨ましいよ……。

テキストではその一文だけだったので、おねしょについて詳しく調べてみた。

すると書籍でもネットでも関連のものがわんさか溢れ出し、多くの子どもとお母さんがおねしょに悩んでいることを知った。と同時に、現在ではおねしょは「夜尿症」として、治療すれば治癒が可能な病気として扱われていることも知る。

たいていの「おねしょ」本では、まず「心配なおねしょ」と「心配ないおねしょ」の線引きがされている。

ある本では、「六歳を過ぎても毎晩二回する場合は、小児科医に相談すること」を勧め、またある本では「小学校に上がっても治らないおねしょは自然におさまるのを待つのではなく、積極的に治す時代だ」と断言されていた。

つまり、おねしょはあるライン（基本は五～六歳という年齢）を超えると「夜尿症という病気」であるというのが現代医学での解釈なのだ。

そして夜尿症の場合は、毎晩のように、あるいは一晩で複数回おねしょをしてしまう子どもが多いという。

また、ある本では、二十四歳の娘さんをもつお母さんからの悩み相談で、娘が二年前から付き合っている男性との結婚を控えているけれど、夜尿について打ち明けられず、思いつめて自殺を考えたりもしている。ここまで放っておいたことを悔やみ、親の自分こそ娘に詫びて死にたい……というような、読むだけで胸の詰まる切実な文面もあった。

ちなみにそれに対する回答は、夜尿は治療すれば治るもので、そうした科学的根拠を示しながら、医師も交えて当人と相手の方とお話をして安心していただきましょう、というものだった。

赤瀬川さんしかり、おねしょ本に書かれている症例に対して、頻度も量も少なかったわたしは、読めば読むほどはたして自分が「夜尿症」という病気だったのか混乱してきた。中学生になってもおねしょをしてしまう場合は小児科にかかりましょうと書かれていたので、やっぱり病気だったのか。あるいは、いわゆるグレーゾーンといったところだったのだろうか。

もしかすると、これを読まれているお母さんのなかに、子どものおねしょで悩んでいる人がいるかもしれないので、参考までに少しまとめておきます。

夜尿症の治療には、まず生活習慣の見直しがある。

夜更かしをせず、早寝早起きを習慣づけることや、夕食後から寝るまでの三時間は水分を摂らないなど。

それでも難しい場合は泌尿器科や小児科といった医療機関にかかることになる。そこでの治療は、大きく分けると「薬物治療」と「夜尿アラーム」という機器を使った「夜尿アラーム療法」がある。

薬物治療では、寝る一時間前に服用することで、おしっこを濃縮してその量を減らす働きのある抗利尿ホルモン薬が使われることが多い。この薬が夜尿症の治療薬として日本で承認されたのは二〇一二年のこと（当然、わたしの幼少期にはなかった治療法だ）。

『バイバイ、おねしょ！』という本のなかで、順天堂大学医学部附属練馬病院の小児科の大友義之先生は、その具体的な効果をこんなふうに語っている。

抗利尿ホルモン薬の内服薬を処方して夜尿症の治療を始めた子ども三二人のうち、一カ月の時点では半数以上の子どもに効果が見られなかった。だが、二カ月目には七割以上に効果が表れた。そのうち一二人は二カ月目で完全に夜尿が止まり、従来の治癒までの期間が短縮されたと言えると思う、と。

もう一つの夜尿アラーム療法とは、寝るときに子どものパンツに水分を感知する小さなセンサーをつけ、夜尿でパンツが濡れると、本体が電子音やバイブレーションを発信し、夜尿をしたことを子どもに知らせる条件づけ訓練法だ。

日本では、睡眠を妨げるのは夜尿症の治療に逆効果という考えが主流でこの夜尿アラームはなかなか普及しなかったが、欧米では一九六〇年代から使われてきたポピュラーな方法で、近年では日本でも積極的に採り入れられているという。

理由は、アラームで子どもを起こしてトイレに行かせるのではなく、アラームの音や振動が刺激となって夜間の膀胱容量が増え、朝まで尿をためられるようになることがわかってきたからだと、滋賀医科大学の泌尿器科学が専門の河内明宏先生は話す。

こうした治療法をはじめ、夜尿に対する正しい知識をもつことが、おねしょに悩む親子にもっとも大切なのだ。

昔はおねしょというと、原因は育て方が悪いだのストレスだのと言われていたが、それは要因であって原因ではない。また、必ず「おねしょはお母さんのせいでも子どものせいでもない」ということが、現代のおねしょ本のほとんどで繰り返し語られている。

そ、そうだったのか……。

実はわたしはそうした一文にこそ、なにより驚いたのだった。

長いあいだわたしは、「母の育て方」と「ストレス」こそ、おねしょの原因だと思い込んでいたからだ。

「女の子だから」

おねしょに対して科学的な治療などまだなかった時代。というか病気ですらなかったわたしのおねしょ時代（一九七〇～八〇年代）に話は遡る。

前述したように、幼少期から始まり思春期まで続いたおねしょについて、もちろん強烈な羞恥心をもちつつも、不思議なまでに深く悩んだりした覚えがない。なぜだろうと考えてみると、自分なりに理由をつくって納得していたからだと気がついた。

わたしのおねしょには自分のなかで法則があった。それは決まって母からひどい叱責を受けた日に限られた。

母は非常に真面目で純粋な人だった。嘘がつけず、いつも正しさを求め、融通が利かず頑固だった。「母親」としての役割を一二〇パーセントの勢いで果たそうとしていた。

同時に、家父長制の権化のような父の「良き妻」でもあろうとした。父も一歩下がって黙って従う完璧な妻を求めた。

わたしには一つ年上の兄と、二つ年下の弟がいる。ほとんど団子のようにくっついて生まれた三人の子育てと、父が黙って座れば、飲みたいときにお茶が出てくるような妻を望まれた母は、もし自分が……と想像してみると、毎日が戦場のように大変だっただろう。

父は、家が散らかっていることをとても嫌がった。でも小さな子どもが三人もいたら、当然家のなかはぐちゃぐちゃだ。

また、とても口のおごった人で、鶏はどこの市場が良いだの、魚はどこそこで買えだの、自分が動くわけではないのに買い物一つにも指示を出し、毎食の支度に時間と手間を掛けさせながら、家事育児には口だけ出して手は一切出さなかった。

わたしだったらソッコーで離婚やで。

当時の母の孤軍奮闘ぶりを思い返す。父も父だが、母もなぜもっと適当にかわせなかったのだろうか。夫への愛情というより、それが自分に与えられた義務であるかのように、常にフルスロットルで夫の要求に応えようとしていた。

頑張りすぎる人は反動も大きい。彼女は、感情のコントロールも適当にはできず、我慢するだけ我慢して、限界まで来ると、張り詰めた糸がプツンと切れたように怒りを爆発させるということを繰り返した。

母に負のスイッチが入ると、彼女はほとんどパニック状態になる。泣きそうになりながら、自分の思い通りにならない苦しさを、子どもたちにぶつける。怒鳴り、叫び、手を上げる。普段の優しい母が豹変したように怒り狂う。本当によく叩かれた。

後年そのことを母に告げると、ほとんど覚えていないと断言し、なぜそんな嘘をつくのかと問われたが、わたしの思い込みではない証拠がある。

うちのきょうだいはとても仲が良く、大人になってから、兄と弟と三人で飲みに行く機会も多かった。そんなときにはよく、三人で家出をしたことを懐かしく酒のネタにしたからだ。

昭和五十年代は、新興住宅地に空き地が点在していて、土管のようなものが転がっていた。まだ兄が小四で弟が小一の頃だっただろうか、ひどく怒られたある日の夕方に、もうあんな鬼のような母のいる家に帰るのは止めようと三人で話し合い、その土管で一夜を過ごそうとしたことがあった。

結局は、お腹が空くし寒いしで、しょぼしょぼと家に戻り、こんな遅くまでどこに行っていたのだと、また母にこっぴどく怒られたのであるが。

育児ノイローゼもあったのかもしれない。可哀想に、周りには誰も母を助ける人がいなかった。

ともあれ、そんなふうに記憶のなかでは、その頃まではきょうだい三人がある意味分け隔(へだ)てなく怒られていた覚えがある。

ただ、小学校中高学年になる頃からそのバランスに微妙に変化が表れるようになる。

中学受験を控えた兄は、めっきり大人びてきて、母を無闇(むやみ)に刺激しないようになり、まだおぼこく素直で無邪気な性格の弟は「男の子はやんちゃなくらいでいい」と、末っ子ならではのかわいさもあってか、なにかと上の二人に比べて容認されることが増えた。

身長も伸び、それなりに母の家事の「戦力」ともなってきたわたしは、「女」であることが「子ども」であることよりも優先されるようになった。

母にとっては、家族のなかに「女の味方」ができて、その女の子は自分を助けてくれる存在になるはずだと期待しただろう。

父は大声で怒鳴ったり、酒癖が悪かったりなどということは一切なく、どちらかといえば、外面（そとづら）の良いお調子者で、同時に几帳面で真面目な部類の人だったが、前述したように強い男尊女卑の主義のもと、「女は黙って家の用事さえしていれば良い」という考えを押しつけた。

妻である母にはもちろんのこと、娘にもそうした教育をするように圧を加えた。

わたしが従順に従える性質だったら特に問題はなかったのだろうが、残念なことに、わたしは口答えしかしない娘だった。加えて、人の感情の揺れに敏感なところがあり、承知の上で、わざと逆なでするようなふてぶてしさをもっていた。

小五か小六の頃のある日、こんなことがあった。

弟の部屋は常にものが散乱しカオスの状態だった。

お前が掃除をしろ。父にそう命じられた。

なぜ、わたしが？　自分のことは自分でやればいいでしょ？

はあ？　という小憎らしい表情で言い返す娘の言葉に父はみるみる激昂（げっこう）し、隣にいた母は「どうして女の子なのに、弟の世話をしてあげようという、優しい気持ちをもてないの」とわたしを怒鳴りつけた。

年長者が年少者の面倒をみるという理に異論はないが、「女の子だから」となると話は別だ。ましてや「女の子らしい優しさ」を自明の事実として要求されると、疑問と憤りしか湧いてこない。

「わたしの優しさ」ではない、「女の子らしい優しさ」ってなんなんだ。

なぜ「女」であることが理由となるのか。そんなことなら「女」なんかに生まれたくなかった。そうやって「なぜ」「なぜ」「なぜ」を連発する度に、叱りつけられた。

母自身、明確な答えをもっておらず、責めたてられたような気持ちになったのだろうといまは思い当たる。

また、わたしはどこかで、父に従属的に生きる母を同性の立場から責めていたのだ。なぜ母がそう生きざるを得なかったのかも考えずに。

わたしに足りなかったものは、「女の子らしい優しさ」ではなく「人間らしい優しさ」だったのかもしれない。

虐げられた女同士、味方になるはずだった娘に裏切られ、やり切れなかったのだろう。言葉にもできないものが、負の感情となり、どうしていいのかわからず娘に手を上げずにはいられなかったのか。

夜、家から追い出されて鍵を閉められることも多々あった。庭先の犬小屋の横でうずくまって、仕事の関係で十時半頃に帰宅する父を待った。そういうときだけ父は「もう許してやれよ」と良い役回りを演じて、母はそのことでまた苛立った。

なに一つ明解な答えを得られないまま、わたしの身体と心には行き場のない疑問と哀しみと憎しみと痛みが蓄積された。

そんなふうに怒られた夜に、わたしは決まっておねしょをした。

朝、湿った布団にバスタオルを当ててごまかしてから学校に行くのだが、帰宅すると、鬼のような形相で母が待っている。

手に持った布団叩きでわたしは叩かれまくった。するとその夜にまたおねしょをしてしまうのだ。翌日のことは言うまでもない。


それは中学生になっても時折、起きた。

高校生になる頃には、わたしの身長は母と同じくらいになり、感情を爆発させた母が口だけではなく、手を上げそうになると、自分の身体をぐいぐいと母に押しつけて、威嚇して対抗できるようになった。

母は驚いて怯んだ。以来、叩かれる回数は減った。わたしも少しずつ布団を濡らすことがなくなっていった。そしてもう「なぜ女だけが」という答えの返ってこない不毛な質問をすることを諦めた。

その代わりに、あなたのような難しい娘をもって辛いと母から泣かれるようになり、身体の痛み以上に胸がきりきりと刺されるような気持ちになることが増えた。

高校は地元の公立に進学したが、第一志望はとある私立の女子高校だった。なぜかというと、その高校には寮があったからだ。こんな家にいたくない。その一心で特に思い入れのないその女子高校に願書を出した。

面接では、自宅から十分に通える距離なのになぜ入寮を希望するのかと、面接官に訝しまれた。結局は落ちて寮にも入れなかったのだが、願書を出すときに、入学したら寮に入るからと言い放つ娘に母が聞いてきた。

どうして？

この家が嫌いだから。

そのときの驚いた母の顔をいまでも覚えている。

わたしからすると、その言葉に驚かれるほうがもっと驚きだったのだが。

我が家のお正月は、日頃からばたばたしている母がもっともぴりぴりする時期なので、わたしは毎年冬休みが大嫌いだった（小学生の頃、歳末は決まって母のぴりぴりに反応して熱を出して倒れ、この忙しい時期に……とびくびくしていた）。

余談だが（ほとんど余談だけど）、わたしは初潮が遅く初めて下着に血を見たのが十五歳の元旦の朝だった。二月生まれなので、もうほとんど十六歳になりかけていた。

わたしは絶望的な気持ちになった。母がもっともばたばたと神経をすり減らす正月のこんな日に、なぜ……。

また、わたしにとって初潮とは「女」であることを決定づける忌むべきものでもあった。そのまま誰にも告げず自分なりに処理をしていたが、三カ月ほど経った頃に母が生理用品を渡してきて、あれこれと教えてくれた。

さておき高校三年か大学一年ぐらいの元旦のこと。

その年も、前日の大晦日にわたしはおせち作りを手伝い、母は正月の準備や家中の掃除に追われていた。元旦の朝はおそらく精神的な疲れがピークだったのだろう。

寝床から出てリビングに行くと、兄や弟がのんびり正月のテレビを観ていて、母が台所でばたばたしていた。起き抜けにお皿を出すよう言いつけられて、あたふたと用事をこなしながらなんだか兄や弟に腹が立ってきた。

お兄ちゃんたちも手伝ってよ。

そのわたしの言葉を耳にした母が、キレた。女の子なんだから黙ってあなたがやればいいでしょ。思わずまた、「なぜわたしだけが」と口答えすると、母はいきなり手にもっていたものを床に叩きつけ、わーっと泣きながら寝室に閉じこもり、もう嫌だ嫌だと大声で泣き続けた。わたしはただ「ごめんなさい」と繰り返すしかなかった。

親に泣かれる。これを書きながらも、そのときに感じた胸の痛みとやり切れなさと怒りと哀しみと、いろんな感情がこみ上げる。正月は長いあいだ苦手だった。

外の世界ではそうではなかったが、「家」にいると、自分の意思は拒絶され、存在が役立たずだと叫ばれているような気がした。その頃から、しょっちゅう「ああ、もう死にたいなあ」と感じるようになった。いっそ腹いせに自殺して、母を後悔させたいと思うまで、いま思えばわたしの心は完全にねじ曲がっていた。

夜尿が病気とわかっていたら……

子どもたちが高校、大学へと進学し、子育てがひと段落してくると、母にも余裕が出てきた。ヒステリックに怒られる回数も減った。

母もまた、父の「女」への要求や態度に疑問を膨らませるようになり、娘はいつの間にか「横暴な夫の愚痴」を聞かせる対象になっていた。

推薦入試枠でなんとなく進学した女子大では教育学を専攻し、ゼミのテーマにだけはこだわった。選んだのは幼児教育のゼミで、卒論のテーマはジャン＝ジャック・ルソーの『エミール』の教育論だ。

わたしは子どもを可愛いとは思えなかった。自分よりも弱い存在で、大切にされる「子ども」が鬱陶しいとさえ思っていた。わたし自身がそんなふうに扱われなかったからだろう。

そのため幼児の教育についてさほど関心がなかったが、ある恐怖感をもっていた。もし、将来的に自分が親になったとき、母のような子育てだけはしたくない。自分の子どもが思い通りにならないとき、わたしは間違いなく母と同じように激しく感情をぶつけて、子どもの身体と心を傷つけるだろう。そのことが怖かった（結局、子をもつ選択をしなかったのだが）。

しかしルソーの教育論は、わたしが求めたような現実的な教育指南書ではなく（そんなこと読めばすぐにわかったはずなのに）、書かれていたのは理想論であり、教育哲学だった。

卒論のテーマに選んだことを後悔したが時すでに遅しで、卒論はただ文字で埋めただけの内容だったと思う。恥ずかし過ぎる。同じゼミの子が選んだシュタイナー教育の話が面白く、それが聞きたくてゼミに通ったようなものだ。

ちなみにこの文章を書くときに、二十数年ぶりに岩波文庫の『エミール』を読み返そうとしたが、即座に挫折した。でも『NHK「100分de名著」ブックス』シリーズの西研著『ルソー エミール 自分のために生き、みんなのために生きる』はめちゃくちゃ面白かった。そんな本だったのかと目から鱗が何千枚も落ちたので、わたしが言うのもなんですが超お勧めです。

翻って母の話。

父の呪縛からも少しずつ解き放たれて、もともと本を読むのが好きな彼女は、さまざまな女性の生き方について書かれたものを読み漁るようになった。そして自分の子育てを反省するような言葉を口にすることが増えた。

本当に真面目な人だと思う。その真面目さゆえに、また違う意味で傷つけられるようにもなる。

ある日、我が家にもよく遊びに来ていた大学時代の親友から、わたしの母に「ゆみこちゃんを可愛がってあげられなかった。申し訳なかった」と打ち明けられたと告げられた。恥ずかしくて情けなかった。もういっそなかったことにしてくれたら良かったのに。

母は真面目に後悔し、自分を責めるようになった。そのことでわたしがまた責められるような気持ちになることも知らずに。

人はなにかを押しつけられなくなったとき、初めて自分の世界が始まる。二十歳を迎えた頃にようやくわたしの人生が始まったのかもしれないとも思う。

大人になると、仲の良い母娘と同じくらいの割合で、どうにも噛み合わせが悪いわたしたちのような母娘がいることを知るようになった。

わたしはただ愛されたかった。「女の子」とか「男の子」とか関係なく、ただ母の「子ども」という大切な存在として扱ってもらいたかった。

男というだけで威圧的な態度を取る夫をもったなら、娘はそういう目に遭わせたくないと思う母でいてほしかった。

ただ、いまでは同時にこうも思う。

なぜわたしだけでも母の味方でいてあげられなかったのだろう。わたしは常に「わたしは」「わたしは」から離れることができなかった。わたしもまた父と同様に自分本位で身勝手な人間だったのだ。

「おねしょ」と母から受ける叱責や叩かれる痛みはセットなので、いまでも「おねしょ」と聞くと恥ずかしさと惨めさ、そして心の痛みが蘇る。

そうした個人的な経験から、長いあいだ、おねしょは心身的なストレスによるものだと思い込んでいた。

夜尿症について調べていると思い当たったのだが、わたしは幼少期の頃、夜驚症と夢中遊行症（いわゆる夢遊病）もあった。

夜驚症とは、三～十歳くらいの子どもによく見られるもので、入眠二～三時間後に突然目を覚まし、なにかに怯えたように泣いたり叫んだり歩き回ったりする一種の睡眠障害だ。わたしも子どもの頃によくこうしたことがあり、父と母のいる部屋や、トイレの前に立ってわんわん泣いた。そして突然、また自分の布団に戻って寝たのだそうだ。

夢中遊行症も、夜驚症と似ているが、これも睡眠障害の一種で、突然起き出して、うろうろと部屋を歩き回っては、話しかけても寝ぼけたような感じで反応せずに、また布団へと戻る。

おぼろげな記憶では、わたしはどちらかのパターンの夜もおねしょをすることが多かった。そして、その日の日中は母に激しく怒られていた。そのため夜驚症も夢中遊行症も、自分のなかで「可哀想なゆみこちゃん」の惨めなおねしょの思い出とセットになっていた。だが、現代医療では、夜驚症も夢中遊行症も神経系の未発達が発症の根底にあるといわれていて、ほとんどは成長するにつれて症状が消失する、深刻な病気ではないことがわかっている。そして、親に怒られたというストレスが原因でもなさそうだ。

どちらも幼児期に見られる、深刻ではない病気でしかなかったのだ。

医療は時代と共に発展しているため、おねしょにしろ、昔とは大きくとらえ方が変わっている。もし、わたしの子どもの頃に「夜尿が病気」だとわかっていたら、母もわたしのおねしょ癖に対して、あそこまで怒らなかったかもしれない。わたしもおねしょと母を結びつけて、恨んだりせずに済んだかもしれない。

無知というのは哀しい。

いま現在もおねしょに悩んでいる子どもが少なくない。でもおねしょは治療により治癒する病気なのだ。

そう知れば、おねしょがお母さんのせいでも子どものせいでもないと開きなおれて、少しは気が楽になるかもしれない。ぜひ巻末に明記した関連書籍などに目を通してみてください。

幼児虐待の報道などで、たまになかなかおむつが取れないとか、おねしょが一つの原因となり、しつけと称した体罰が過激になり、哀しい事件につながるのを見聞きすることがある。

夜尿だけが原因ではないだろうが、知識がないがゆえにお母さんのストレスが増大することもあるかもしれない。うちの母もきっとそうだったように。

どうかそんなことが少しでも減りますように。
いまだったら、もっとお互い楽になれる方法もあったかもしれないね。亡き母にそう語りかけるのだ。

という文章を書いてすぐの、二〇一九年三月十五日のことだった。

愛知県の二十九歳（事件当時）の母親が、生後十一カ月の三つ子の次男を床にたたきつけて死なせたとして傷害致死の罪に問われた裁判員裁判で、懲役三年六カ月の実刑判決が言い渡された。

不妊治療の末に授かった三つ子だったそうだが、三人の子を同時に育てる生活は想像以上に過酷で、ミルクは三人あわせると最低でも日に二四回。寝る暇もなかったという。彼女が、事件前に重度の産褥期うつ病（産後うつ病）を発症していたとも新聞報道で読んだ。

この報道を受け、SNSでは大きな反響があった。双子や三つ子といった多胎育児を経験した母親たちはもとより、「一人でも大変なのに」と多くの子育て経験者からの悲痛な叫びが、わたしのタイムラインを埋めた。

うちは三つ子ではないが、ほとんど年子の三人きょうだいなので、彼女と自分の母親の子育ての風景がオーバーラップして、胸が詰まった。

彼女と、乳児院に保護されたという、残りの二人の子どもにどんな救いの手があるのだろう。そのことを考えずにいられない。

「女の子なのにやさしくない」
と、言われ続けてきた私だけど

人にやさしく
生きられたら
いいなと思う

第7章

わたしは「変わる」ことができるのか

殺害の正当化

初夏の長い連休のあいだ、やらなければいけないことにまったく取りかからず、やらなくてもいいことばかり片付けたので、連休最終日にはやり切った感とやり残した感がどちらも半端なかった。

というSNSの投稿を見た街の大先輩（バッキー井上さん）が、「それでええやん」とコメントをくれた。ほんまにそうやな、とすとんと腑に落ちた。

どうしてわたしは、こう、いつも「正しさ」を間違えてしまうのだろう。休みの日というのは、「やらなくてもいいこと」をするための時間なのだ。間違ってなかった（きっぱり）。

そんなわけで、やや飛び石ではあったけれど、休みのあいだは、チョモランマのごとくそびえ立つ積読山を崩したり、ゆく年くる年的な改元の喧騒を横目に粛々と掃除にいそしみ、ぎゅうぎゅうにモノを詰め込んだ押入れをひっくり返して捨てたりあげたり売ったりしつつ、日が暮れたら録り溜めていたドキュメンタリー番組の録画を再生しながら、キンキンに冷えた安っすい泡をだらだらと飲んでいた。

うちの家は十年ほど前のリフォーム時に、テレビのケーブル部分がはめ殺しになってしまい、ケーブルから引っ張っての衛星放送受信ができない。アンテナを立てればいいのだが、二人ともそこまでテレビに関心がないので放ってある（時折、BSの映画放映を羨ましくも思いつつ）。

民放はもともとほとんど見なかったが、この三、四年ほどのあいだだろうか、NHKのニュースにも違和感を抱くようになり、日常的にテレビを点けることがなくなった。

その代わり、これと決めた特番などをこまめに録画して、時間が空いたときにまとめて見るようになり、SNSなどで興味をもった番組はとりあえず予約録画するクセがついた。そのため、DVDレコーダーの録画一覧にはずらりと番組タイトルが並ぶ。それを眺めると、「わたしがなにに関心をもっているのか」が一目でわかる。

休みのあいだ、久しぶりに一覧を遡ってみると、どうやらわたしはここ最近、障害者に関連する話題に強く反応しているようで、四割ほどが「障害」にまつわる番組だった。

その一つに二〇一八年七月に放映されたNHKスペシャル『〝ともに、生きる〟～障害者殺傷事件 2年の記録』という特集があった（録画から一年近く見ていなかったのか……）。

二〇一六年七月二十六日に神奈川県相模原市にある県立の知的障害者施設「津久井やまゆり園」で痛ましい事件が起きた。

番組は、事件から二年が経った当時、改めてこの事件の意味を考えるという趣旨で、加害者であるB被告（事件当時二十六歳）の言動、被害者やその家族の思いや現状、またB

被告と対話を重ねる人たちなどをとらえた内容だった（公表されている被告の名前を伏せるのは、自身の名がメディアやネットに上がるのをB被告が望んでいると見聞きしたからだ。身勝手な考えに囚われた犯罪者の欲望を満たしたくないので、あえてB被告と記す）。

施設入所者の一九人が命を奪われ、入所者と職員の二六人が負傷。殺害者数は戦後最多という大量殺傷事件として大きく報道された。

二〇一八年番組放映時のB被告は公判前整理手続きの最中で、拘置所に勾留中だった（二〇一九年十一月現在も同様。本年三月時点の共同通信の記事によると、二〇一九年度内となる二〇二〇年一月に初公判が行われるのではないかとの予測）。

多くの人がそうであったように、わたしがこの事件でもっとも強い衝撃を受けたのは、B被告による重度障害者の殺害を正当化する発言だった。

事件の直後から始まり、彼は拘置所からも手紙や手記を通して、「（意思疎通のできない重度の知的障害者の）存在自体が不幸をつくる」「生産能力の無い者を支える余裕はこの国にはない」「（自身の行動は）有意義だった」などと、一貫して自身を正当化する発言を繰り返している。

彼は捜査段階での精神鑑定で「自己愛性パーソナリティ障害」と診断されているが、横浜地検は完全責任能力を問えると判断して、二〇一七年二月に事件を起訴している。

米国精神医学会による精神疾患の診断基準である「DSM－5」によると、自己愛性パーソナリティ障害（narcissistic personality disorder／ナルシスティック・パーソナリティ・ディスオーダー）とは、空想や行動にみられる誇大性、賞賛されたいという欲求、共感の欠如を特徴とし、自らの能力や業績を過大に評価して誇大感をもっていて、際限のない成功や権力、美しさの空想に囚われている、とされている。

もちろんこの障害が犯罪行為に直結するわけではない。横浜地検の判断もそのことを裏付けている。あくまで、B被告自身の問題なのだ。

NHKの番組でも触れられているが、拘置所でB被告と接見した人の多くは、彼が非常に礼儀正しく、一見して大量殺傷事件を起こすような人物には見えなかったと語っている。ぱっと見たところ、どこにでもいるごく普通の青年。

その彼が、重度の知的障害者を「意思疎通のできない人間」、心を失った「心失者（しんしつしゃ）」と決めつけて、存在を否定し続けている。

さらにはその考えを変えることはないと断言し、新聞や本に目を通し、自分に異を唱える人を目にすると、わざわざ手紙を出して積極的に批判さえする。そうやって、拘置所から発信した記事や手紙は三〇〇通を超えるという（二〇一八年当時）。

残念というか、受け入れがたいことに、そんなB被告の発言に同調する声が少なくないという事実もある。NHKに寄せられた意見として紹介されたもののなかには、同調するまではいかなくとも、「できれば障害者と関わりたくないと思ってしまう」といった声も見かけた。

B被告にどこか共感するという人が、わたしが生きる社会には確かに存在するのだ。深いため息が出る。

と同時に、遠い昔のある出来事が、記憶の底からどろりと浮かび上がってきた。

「青山さんは関わらなくていいわ」

小学五年生のときのことだ。

社会の授業の一環で、校区内のスーパーマーケットや商店を訪れて、その店がもつ役割を調べたり、そこで働く人たちの思いを知る……といった、いまでいうグループワークのようなものを行うことになった。

ワークは、「班」をつくることから始まった。

はーい、近くにいる人と五〜六人で集まって、机をくっつけましょう。班ができたら班長さんも決めてくださーい。

「近くにいる人」というややあいまいな先生の指示を受け、わたしたちはなんとなく周囲をきょろきょろ見渡して、目が合ったクラスメイトと頷き合い、机を抱えてがさがさごそごそと班をつくるために移動する。

教室内には、ほどなく八つほどの机の島が生まれた。

だが一つだけ、どの島にも入らずに離れ小島のようにぽつんと浮かんでいる机があった。それは聴くこと・話すことに障害のある竹原くん（仮名）だった。

補聴器を耳にかけた竹原くんは、大きな声なら聞こえるようだが、口から発するのはぶわぶわと濁った音で、言葉として聞き取るのは難しかった。

年齢的には一つ年上だが、ろう学校（二〇〇七年より特別支援学校に改称）より転校してきたときから、わたしたちの学年にいた。

小学校での一年の差は大きい。特に五年生と六年生だと、六年生はもう中学生に近いので、竹原くんは身体もそうだが、醸し出す雰囲気がどこか大人びて、障害の有無を知らずとも、クラスのなかでどこか違って見えたような気がする。

運動神経が良く、走るのがとても速かったので、体育の時間の彼は自信に満ち溢れみんなからも一目置かれていた。

運動会では、ピストルの音が聞こえず、先生に体をトンと叩いてもらうのが合図となるため、スタートダッシュでやや出遅れる。そんなハンディがあっても、抜群の俊足で、彼は同級生に追いつき追い越し、一番にテープを切る。

見に来ていた保護者はひときわ大きな拍手を送る。彼は息を切らしながら、こんなのたいしたことじゃないとでも言いたいような照れた仕草を見せて、でもやっぱり嬉しそうだ。竹原くんは、言語表現をカバーするためなのか、とても表情が豊かだった。感情もストレートに見せる。

例えば逆に、先生の合図の「トン」が遅すぎて、追いつくのが難しくなり一着になれなかったときは、先生の犯した「ルール違反」に対して、憤慨し、全身で強く不満の気持ちをあらわにした。

彼の口から出る音が「声」として難解でも、身振りと表情から、わたしたちはいつも彼の意思をはっきり感じ取ることができた。

実はわたしは、そうやって強く意思を発信する彼が、ちょっと怖かった。

五年生の教室には、ぎゃあぎゃあと大声を上げたり、プロレスの技の掛け合いで異様に盛り上がるようなバカな男子（あくまで女子目線）が少なくなかったが、そうした子どもっぽさではない、はっきりとした「主張」を竹原くんはもっていた。

障害がどうというよりも、彼の醸すその「強さ」が、まだ子どものわたしにはしんどいものに感じられたのだ。

さて、グループワークを開始するという段になり、四十代中盤の女性教員は、ようやくぽつんと置き去りにされた竹原くんに気づいた。

あれ〜。竹原くんもどこかの班に入れてあげてください。はい、自分の班に入ってもらおうと思う班長さん、手を挙げて〜。

先生の声が教室内に響き渡る。

沈黙。

教壇でじっと待つ先生。

次第に教室の空気が重たくなる。

しびれを切らす先生。

はーい、では班のみんなで話をしてみてください。先生は決めません。みんなで決めましょう。

あくまで子どもの意思を尊重する先生。子どもたちは誰も竹原くんのほうを見ない。なんだかちょっと辛いから。

わたしたちの島は、班ができた瞬間に、全員一致で大木くん（仮名）が班長に選ばれていた。

開業医の息子で、学年で一番優秀と誰もが認める大木くんは、中学受験に強いと有名な進学塾で常にトップ。全国模試でもかなり上位にあることを誰もが知る男子だった。

特にハンサムというわけではないが、お坊ちゃん育ちのせいなのか、どこかゆったりと鷹揚な立ち居振る舞いで、いつもシミ一つない服をきちんと着て、適度なひょうきんさをもちつつ、無駄口を叩かない。バカな男子と楽しそうにじゃれあったりしつつも、抑制の利いた言動を女子は鋭く感じとっている。「モテる」とは異なるニュアンスで、男女を問わず慕われていた（後に灘中、灘高、東大へと進み官僚になった）。

大木くんとは母親同士の仲が良かったこともあり、わたしたちはプライベートでも会うことがあったから、単なるクラスメイトよりやや親しい間柄だったと思う。

先生の言葉を受けて班員が顔を突き合わせると、大木くんは即座に口を開いた。

「うちに来てもらおう」

大木くんが言うなら、そうだね。そうしよう。そんな空気が流れたとき、わたしが「ちょっと待って」とストップをかけた。

「どうしたん？」

顔をのぞき込む大木くん。

「うーん。わたしは嫌やわ」

「なんで？」

「大変やから」

「なにが大変なん？」

聞き取り調査などをするときに、竹原くんが同行するとなれば、誰かが彼にぴったりと付いて、交わされている会話の内容を紙に書いたり、口を大きく開いてはっきり発音しつつ、身振り手振りで内容を伝えたりしなくてはならない。

竹原くんは、自分がわからないことを我慢する性格ではない。必ず、きちんと自分にわかるように説明してくれと主張するだろう。

ごにょごにょとそんなことを口にするわたしに、大木くんは不思議そうな表情を見せてひと言。

「したらいいだけやん」

黙り込むわたしをじっと見て、いつになくきっぱりと大木くんは断言した。

「青山さんは関わらなくていいわ。俺がやるから」

これまで目にしたことのないような素っ気なさで、これでもう話は終わりとでも言わんばかりに、彼は「先生！」と手を挙げた。

大木くんは立ち上がって竹原くんのところに駆けより、「俺たちと一緒にやろう」と声とジェスチャーで伝え、机を運ぶのを手伝った。

それからグループワークが終了するまではもちろんのこと、社会の授業ではないときも、大木くんは竹原くんを常にさり気なく巻き込んで行動するようになった。

竹原くんは、班決めのやり取りを見ていたのかわからないが、はっきりとわたしに「嫌い」という感情を示した。大木くんとも以前のように親しく口をきくことがなくなり、わたしはなんだか二人から責められているような気分になった。

大木くんと疎遠になったのは竹原くんのせいだ。竹原くんは、やたらとわたしの前で大木くんと親しげに振る舞っているように見え、その態度を「あてつけか」と憎々しくさえ感じていた。

わたしは竹原くんが大嫌いなまま、小学校を卒業した。

あれから三十五年以上が経った。

もしいま、わたしが小五の自分の言動を目にしたら、どう思うだろうか。

あるいは、現在の自分がその当時にタイムスリップしたら、どんなふうに行動しただろう。

いろんなことが恥ずかしい。というか、自分が怖い。

人がされてもっとも嫌なこと

ここ数年、いろんな「困りごと」を抱えている人に話を聞いたり、ボランティアと言うには大層だが、なにかしらの問題により一人では生活ができない人が集って暮らす場所に足を運んだりする機会が増えた。

お会いする人のなかには、身体的に、あるいはメンタルの面で障害のある人も少なくない。

三十五年前、困りごとを抱える人を意図して遠ざけようとしたわたしが、いまなぜ彼らと一緒の時間を過ごしたり話したりしたいと思うのか、自分でもよくわからない。

わたしという人間が大きく変わったという自覚はない。

生きるということは、自分ではない誰かと関係をもつことだ。人は一人では生きられないから。毎日口にするお米だって野菜だって、会ったことはないけれど、誰かがつくったものを食べてわたしは生きている。

それと同じく当たり前のように、学校で、職場で、ご近所さんと、行きつけのお店の人と、わたしは関わりをもちながら暮らしている。

そんな時間の積み重ねが影響して、人は知らないうちに変わる。

といった一般論以上の、なにか特別なエピソードは思い当たらない。

小学五年生のわたしには竹原くんが「面倒な存在」に感じた。

いまのわたしは、なんというか、彼を面倒に思わなくなったというより、自分自身もまた面倒な存在だと自覚するようになった、そんな気がしている。

恵まれた人が困っている人に手を差し伸べる。そうした一方向の話ではなくて、お互いさまのどっちもどっち。同じ社会で生きるというのは、互いに迷惑をかけあっていくのが当たり前。

そう思うほど、わたし自身が幾度となく「面倒な存在」になってきたのだろう。あの日あのとき、誰かに助けてもらった、といった強い思い出があるわけでもないが、なんとなく、わたしも許されて生きてきたもんなあ……、ぼんやり頼りないスタンスなのだけれど。

大阪にある公立小学校・大空小学校の、初代校長である木村泰子先生の『「ふつうの子」なんて、どこにもいない』という著書をまとめるお手伝いをしたことがある。

大空小学校の日常を追ったドキュメンタリー映画『みんなの学校』（二〇一五年）が話題となり、いまも継続して上映会が開催されているのでご存じの方も多いだろうが、簡単に説明したい。

二〇〇六年、「すべての子どもの学習権を保障する学校をつくる」という理念を掲げて大空小学校は創立された。理念はごく当たり前の文言に思えるが、実はこの「すべての」を実現している学校は、残念ながら多くはない。

文部科学省による平成二十九年度の調査発表によると、小・中学校の不登校者数は一四万四〇三一人（前年度一三万三六八三人）、一〇〇〇人当たり一四・七人となり、調査の始まった平成十年度以降、最多となっている。うち小学生の不登校者数は三万五〇三二人。

こうしたデータだとぴんとこないかもしれないが、わたしの身近でも友人・知人の娘や息子が不登校であることは珍しくない。これを読んでいる人も同様ではないだろうか。

ところが、木村泰子先生が在任中の九年間、大空小学校では不登校の生徒がただの一人もいなかったという。

さまざまな理由からほかの小学校に通えなかった子どもを、わざわざ校区内に引越しをして大空に転校させる親も少なくなく、その九年のあいだに特別支援の対象とされた児童は五〇人を超えたそうだ。

それなのに不登校ゼロ。

大空小学校は特別支援学級を設けていない。ほかにも、よその小学校にあるものがいくつもない。号令もない。校則もない。

あるのはたった一つ、「自分がされて嫌なことは人にしない。言わない」という約束だけ。

例えば、授業中、じっと椅子に座っていられない子、友達に暴力をふるってしまう子、さまざまな障害のレッテルを貼られた子……いろんな子どもがいる。

大空小学校では、彼らを「矯正」することはない。

矯正とは、欠点や悪習を正常な状態に直すことだが、大空ではその「正常な状態」、いわゆる「ふつう」ってなんだ、「当たり前」ってなんだ……というところから問い直し、どんな状況であれ、まず子どもたちのあるがままを受け入れる（聞く限り、これがなかなか壮絶だったりもする）。

もし誰かがなにかの困りごとに直面したら、マニュアルではないその時々のやり方で、子どもたち自身が向き合っていくように大人は場をつくる。

と書くと、それこそ「当たり前」のことかもしれないが、これがどんなに大変で難しいか、子育て中の親や、学校教育の現場に関わる人なら想像がつくだろう。

大空で行われていることは実にシンプルだ。

さまざまな養育環境で育った子ども、困りごとを抱えた子どもが、「みんなで一緒に過ごすためには、どうしたらいいか」。ただそのことを考えていくだけだ。

そんななかでは、お互いが少しでも気分よく過ごすために、日々、小さな「工夫」が生まれる。その積み重ねにより、他の小学校で不登校になった子どもたちも通える「場」が創り上げられる。

この工夫についてはここでは紹介し尽くせないので割愛するが（木村先生の著書をぜひ）、全員が共有する一つだけの約束、「自分がされて嫌なことは人にしない。言わない」にすべてが集約されているように感じている。

人がされてもっとも嫌なことってなんだろう。

それは「自分という存在を排除される」ことではないだろうか。

大空小学校では、子どもも教員もどんな小さな排除の芽も見逃さない。

子どもに限らず、大人だってしんどいときには、うっかり「あっちへ行け」とやってしまうこともある。大空ではそんなとき、必ず自分の行動をふり返って「やり直し」をする。

誰かを傷つけたり、手を上げてしまったり、「嫌なこと」をしてしまったときは、なにがどう悪かったのか。どう解決するのかを言葉にして相手に伝える。自分の意思で。

そうした行動は、本人だけでなく、なにより周りの意識を変えていく。この「周りが変わる」という話はわたしには強い驚きだった。

子どもたちは、友達や大人の行動をものすごく「見て」いる。目にした状況を空気のように吸い込んだ子どもたちの変化は、ごく自然に広がって、今度は目に見えない強いつながりを生む。

どんな子も排除しない。いろんな子どもが同じ「場」にいる。

独自の、というより極めてシンプルな「場」だから、ほかでは不登校だったのに、再び学校に通えるようになった子がこんなにもたくさんいるという事実。

木村泰子先生は、この「事実をつくる」ことが、なににも代えがたく圧倒的な意味をもつのだと繰り返し口にされた。

大空出身の子どものなかには、中学校に進むとほかの小学校から来た生徒にいじめられる子も出てくる。

木村先生はこんな話もしてくれた。

大空一期生の卒業生の数人が、中学に上がってしばらく経った頃、浮かない表情で大空小学校にやって来た。木村先生に相談があると言う。

彼らと同じ中学校には、知的障害と自閉症の診断名を与えられていたある男の子が一緒に進学していた。彼は涎を垂らし、教室内を「アー」と言葉にならない声を上げながら走り回ったりする。大空ではそんな子が同じ教室にいるのは「当たり前」だ。彼がなにをしていても、自分たちが勉強に集中すればいいだけと知っているので、まったく気にしない。もし助けを求めていそうなら、自分にできる方法を考える。

でも別の小学校から上がってきた子のなかには、「なぜこんなアホなヤツが自分たちと一緒の教室にいるのだ」と、批難の言葉を投げる子がいる。

卒業生たちは、木村先生に助けを求めて母校を訪れたわけではなかった。

彼らはこう指摘した。友達を排除しようとする子が「ものすごく不幸だ」と。

このままだと、彼らは不幸なまま大人になってしまうだろう。そうならないようにするには、自分たちにいったいなにができるのだろうか。

それが卒業生による相談だった。

大空小学校の子どもたちは、誰かを排除するという発想をもつ子は、その子自身が「困っている子」であることを感覚的に学んでいる。同じ場にずっと一緒にいるから肌でわかる。

中学校という「社会の入口」で、その排除が起きることにも動じない。ただ、そのままでは「誰かを排除して生きる子ども」が、「不幸な大人」になるだろう。彼らはそのことを危惧していたのだ。

木村先生はそう知って驚いたと、笑って話してくれた。

わたしは「彼ら」なのかもしれない

あの痛ましい相模原の障害者施設殺傷事件に話を戻そう。

事件後、多くの論者がこれは障害者への差別や偏見に基づいた犯罪、「ヘイトクライム」だと指摘した。その根本にあるのは、社会的弱者やマイノリティ（少数派）を「排除」しようとする考えだろう。

その気配を、わたしは自分のすぐ身近に感じる。

誰が書いたのか顔の見えない差別的なトイレの落書き、ネット上で匿名の投稿により標的を定めてなされるいわれの無い誹謗中傷の書き込み。また、実際に在日コリアンの多く暮らす街にわざわざ乗り込んで、口汚い言葉を暴力的かつ一方的に投げつけるネトウヨの言動は幾度も見せられている。いま現在も進行形で。

そんな彼らとわたしとは違う。

そう思い込んでいたけれど、三十五年前の自分を思い出してみれば、わたしは彼らなのかもしれない、とも思う。

三十五年のあいだに、わたしは人間が変わったのだろうか。

再びそこに戻ってくる。

前述したように、自分もまた「面倒な存在」であると感じるようになったこと。あと、自分のもつ「嫌な部分」に自覚的になり、できるだけそれを「出さない」ように意識するようになったこと。もしなにか変わったとすればそんな程度だろうか。

誰だって、「嫌なやつ」だと思われたくない。本当は嫌なやつだったとしても、できればそれを隠しておきたい。情けないことに自分の言動は表面的なきれい事にすぎないかもしれないが、きれい事でいくしかないのだ、と。

そう考えたとき、もう一つ思い出したことがある（次々にどす黒い闇が……）。

あれも小学校の高学年の頃だった。

母親に、アウシュビッツの強制収容所に関するドキュメンタリー番組を見せられた。モノクロームの画面に映し出される光景はあまりに苛酷で残酷で衝撃で、シャワーを浴びる度に水ではなくガスが噴き出すのではないかと、長いあいだ、風呂場の扉を開けることが怖くてたまらなかったほどだ。

番組を見終わると、恐怖にかられたわたしは母親にこう告げた。もし自分が同じような状況に置かれたら、わたしはナチスに入る。痛いのは怖いし、悪いとは思うけど、ユダヤ人の友達がいても裏切る。親や兄弟だって密告するかもしれない。わたしは強いほうにつく。それでしか生き残れないから。

母は驚いて目を見開いて、「この子は……」と黙り込んだ。

根本的なところで、わたしは卑劣で弱い人間だ。本当に。誰かから理不尽な恐怖にさらされることが恐ろしくてたまらない。それはいまも変わらない。

独裁者が現れて、圧倒的な暴力で人を支配する世の中になったなら、わたしはきっとその暴力に屈するだろう。だから、そういう世の中になってほしくないのだ。切実に。自分のために。

自分が弱く愚かで、正義とは真反対にいる人間であることを、わたしは日常でもよく思い知らされる。その度に、自分の弱さが誰かに対して暴力に変わるかもしれないと、とても怖くなる。

それを自覚しているのなら良い人だ。

そんなふうに言われるともっとも落ち着かない気分になる。相手がそう思いたいだけで、残念ながらそんなんじゃない。ほんとに嫌になるくらいの卑劣さをもっているから、ごまかしているだけだよ。そう叫びそうになる。恥ずかしい。

そんなわたしでも、いつかは変わることができるのだろうか。考えれば考えるほど、わからない。自分が「本当はいったいどんな人間なのか」もわからなくなる。

そもそも本当の自分ってなんだ。本当の自分ってそれほど重要なのか？

ふと思う。木村先生が口にしたように「事実をつくっていく」ことこそ、いちばん重要なのではないだろうか。暴力や排除を許さないこと。ヘイトスピーチだってそうだ。時には声を上げることも必要だろう。大声でなくてもいい、小さくてもすぐそばにいる誰かに自分だけの生の言葉が届けば十分だと思う。その小さなさざ波は、時間はかかっても力強い大きなうねりになるかもしれない。

この先も許しがたい事件が起きるかもしれない。時代が大きくカーブして、予想もしなかったような排他的な世界に身を置かねばならないときがくるかもしれない。

と書いた矢先に、神奈川県川崎市登戸（のぼりと）の路上で、児童たち二〇人が殺傷されるという痛ましい事件が起き、その影響を受け、七十六歳の元農林水産事務次官が、児童に危害を加えるという発言をした四十四歳の長男を殺害したとされる事件の報が届いた。

報道からは、前者の加害者、後者の被害者が、社会から排除され孤立していた気配が濃く感じられる。

言葉を失い、ただただ立ち尽くしそうになる。

そんななかで自分になにができるのだろう。

きっと「いろんな人が当たり前に共に暮らす」という事実をつくって、積み重ねていくしかないのだ。切り取ったところで特筆すべきものもないだろうごく普通の日常こそが、その先の未来のための確固たる「事実」をつくるのではないだろうか。


NHKスペシャル『〝ともに、生きる〟』には、事件後から発言を続けてきた社会学者の最首悟（さいしゅさとる）さんが登場する。

娘の星子（せいこ）さんは、ダウン症で重度の知的障害があり、最首さんご夫妻は四十年に亘り自宅で彼女を介護してきたそうだ。

事件の背景に、経済合理主義の風潮を感じた彼は、新聞の論評でそのことを指摘する。するとある日突然、B被告から最首さんの意見を否定する手紙が届いた。

そのことをきっかけに最首さんは拘置所にいるB被告と実際に接見するが、深々と頭を下げて礼儀正しく現れたB被告は淡々とした口調で最首さんを批難するだけで、意思疎通のできない重度の知的障害者の存在自体が不幸をつくるという持論を変えることなく、やり取りは平行線をたどってしまう。

「わたしはあなたに手紙を書くつもりです。長い期間に亘ってのやり取りになるかもしれません」

最首さんは接見の最後にＢ被告にそう語りかけた。

記者からのインタビューに最首さんがこう続ける。

命の問題が入ってくるので、相当長い返信になるでしょう。Ｂ青年に語るということを超えていきますね。多くの人に向かって答えていくということになるだろう、と。

最後に、最首さんがこんな言葉を残した。

「わからないからわかりたい。でも、一つわかるとわからないことが増えているのに気づく。人にはどんなにしても決してわからないことがある。そのことが腑に落ちると、人は穏やかな優しさに包まれるのではないか」

その言葉は、真っ直ぐわたしにも向けられている。

ごはんを食べる
ことも
誰かとつながってる
証拠

第8章

わたしのトホホな「働き方改革」

肩書き

「ボロ雑巾」というドキリとするような文言が見出しから目をひくハフポスト日本版の記事を読んだのは、二〇一九年七月四日の昼下がりのことだった。

〈【参院選】元派遣労働者のシングルマザーが立候補へ。「ボロ雑巾のように捨てられた。世の中変えたい」〉

七月四日は先の参院選の公示日だ。

タイトル通り、参院選に関連したニュースで、渡辺照子(てるこ)さんという女性が、山本太郎参議院議員(当時)が代表を務める政治団体「れいわ新選組」から立候補したという内容だった。

選挙の度に女性の新人候補が現れる。

元キャスター、タレントなど、テレビメディアで顔の知られた女性が少なくない。「子育てをしながら働いてきた女性としての立場」をベースに、育児や教育の問題を掲げる候補者が多い(各政党が「政治的に」担ぎ出した女神輿(みこし)のような候補者もいるが)。

また、弁護士や検事といった法律専門職としての活動から、社会的弱者の抱える困難や、そうした状況を生む社会の暗部を目の当たりにして、立ち上がる女性も増えている。頼もしい。

出馬の経緯はさまざまだが、「社会的に認知された立場」や、名刺じゃんけんで強い札となるような「肩書き」をもち、男性社会のなかで、その優秀さから積み重ねてきたキャリアがプロフィールを埋めるような女性がほとんどだ。

立候補した女性の紹介を読むと、「ああ、この人なら出馬してもおかしくないよな……」と感じさせられる人ばかりだったりもする。

と書きながらふと思う。

その「おかしくない」ってなに？　政治家に立候補するのに「おかしい女性・おかしくない女性」の基準が自分のなかにはあるのか？

無意識にかけていたくもりきった眼鏡に気づかせてくれたのが、冒頭の渡辺照子さんの存在でもあった。

元派遣労働者のシングルマザー。

といっても、シングルマザーはもはや珍しい存在ではない。前述したように、候補者や現役議員として育児問題に切り込んでいる人もいる。そういう人は、ビミョーな響きだが

「ママ候補」「ママ議員」などと呼ばれることもある。

しかし渡辺照子さんからは、そんな「ママ候補」とは異なる気配が漂う。


インターネットで検索してみると、ハフポスト以外にも、彼女が発信する主張を取り上げた記事や動画が溢れていた。

一つひとつ見聞きするうちに、彼女は「労働問題」を焦点に、この国の政治・政策を変えたいと考えていることが次第にわかってきた。それには彼女自身の体験が大きく影響している。

渡辺さんは、私鉄車掌の父と、内職で服の型見本をつくっていた母の長女として一九五九年に新宿で生まれた。大学時代は女性史研究会などに所属し、学生運動にものめり込んだ。いわゆる成田闘争などにも参加したそうだ（年齢から推測すると、一九六六年の三里塚闘争ではなく、一九七八年開港後にゲリラ事件が多発した頃だろうか）。

同じ活動家仲間であった男性とのあいだに子どもができて出産し、大学は中退。一人目を産んだのは真冬の酷寒の時期で、当時は家がなく、宿泊施設に泊まるお金すらないので、新生児を抱いて野宿したこともある。そんなホームレス状態の生活を五年ほど経験したという。

は、ハードすぎる……。

誰か助けてくれる人はいなかったのか。幼児を抱えてホームレス状態というのはなぜなのか。そんなことが可能なのか。夫はなにをしていたのか。わからないことが多すぎるが、インターネットではそのあたりの詳細が拾いきれなかった。

二人目の子どもができて、彼女が二十五歳のとき、夫が失踪（まぢか！）。いきなり二人の子どもを抱えるシングルマザーとなった。

その後、スーパーのパートや、生命保険会社の営業など、「職を転々としてたどり着いたのが、派遣労働という道だった。四十歳になっていた」とある記事で目にした。

「職を転々として」というワンフレーズに、どれだけ困難に満ちたエピソードが含まれるのか想像もできないが、ある動画では、「大学を中退してシングルマザーになったことで職務経験が無いため、正社員になれる確率が低かった。四十歳になったとき、パートよりはまだいいのかな、という感じで派遣労働者になることを選んだ」と語っていた。

そのことから、二十五歳からの十五年間は、シングルマザーのパートタイム労働者として二人の子どもを育てたのだろうと推察できる。

日本で、労働者の派遣事業が可能になったのは一九八六年の労働者派遣法施行以降のことだ。

当初はソフトウェア開発、事務用機器操作、秘書など専門一三業務に限られていたが、その後の法改正で二六業務にまで拡大。一九九九年には医療、製造業などを除き、原則自由化された（二〇〇四年には製造業も解禁）。

四十歳という渡辺さんの年齢から計算すると、彼女が派遣労働者になったのはおそらく一九九九年頃のことになる。それは、社会的に「派遣社員」という名の非正規雇用労働者が増加し始めた過渡期でもあったのだ。

渡辺さんの派遣先は、東京都文京区のコンサルタント会社だった。彼女はここで約十七年勤めることになる。

事務用機器操作という専門業務だったが、電話対応や海外招聘者のアテンドなどにも関わったそうだ。彼女の親切なアテンドが評判となり、中東の顧客からは「会うのを楽しみにしていた」とお土産をもらったこともあると、ある動画でハンドメイドのアクセサリーを手にして笑う彼女が映っていた。まるで大切な宝物を扱うように。

しかし、「派遣労働者」である彼女の賃金は十歳若い女性正社員の半分以下だったそうだ。それも三カ月ごとの更新で、いつ雇い止めに遭うかわからない不安定な日々だった。社員であれば福利厚生面で配慮される、「忌引き」がなかったことにも言及されていた。それが「忌引休暇」なのか「弔慰見舞金」を指すのか記事からはわかりかねたが、渡辺さんはそのことについて、「差別され、自分や親族の人格さえ認められないように感じた」と語っている。

渡辺さんは黙って耐えている女性ではなかった。

二〇一一年頃からは、日弁連の集会で話をしたり、専門誌に寄稿するようになる。二〇一五年八月には、改正労働者派遣法を審議する参議院厚生労働委員会の参考人質疑において、「宇山洋美（うやまひろみ）」という活動名で「派遣労働者が三年ごとに失職する法律は廃案を望む。派遣労働者は間接雇用で、派遣元も派遣先も責任を負わない。労働三権（団結権、団体交渉権、争議権）を主張しても、契約を更新されないだけだ」と意見を述べている。

職場での状況を変えようと、努力も重ねた。秘書技能や貿易業務、ビジネス実務法務、ファイナンシャル・プランナーなどの資格も取得した。正社員になるのに役に立つかもしれないと思ったからだ（ある記事では、数千冊あるという自宅の蔵書の一部が写っていた）。そうやっていくつもの資格を取ったが正社員にはなれず、二〇一七年十二月、その日が来た。十六年八カ月もの間勤めてきた派遣先の企業からの契約終了を告げられたのだ。いわゆる「雇い止め」だ。

通告したのは派遣先の企業ではなく、派遣元の営業マンだった。

約十七年通ったコンサルタント会社の総務部からは、「最終日に入館カードを返してください」とひと言告げられた。その日の終業時間をもって、渡辺さんは同僚に入館カードを託し、会社をあとにし、無職となった。

賞与や交通費が出ない派遣労働者には、退職金もない。時給は一七五〇円で始まり、三カ月ごとに六〇回以上契約更新したが、昇給はたった八〇円だったという。

ある日の街頭演説で、渡辺さんはこんなことを語っている。

「私、記者会見の後に、新聞記者の方から、『どういう肩書きだ』と非常に詳しくというか、まあ、しつこくですね、聞かれたんですけれども、私にはしかるべき団体や会社の肩書きなんてまったくございません。元派遣労働者、そしてシングルマザー。この二つです」

渡辺さんの足跡に感じるものは山のようにあるが、わたしがもっとも強いインパクトを受けたのは、実はこの発言だった。

まるで見たかのように、この記者とのやり取りの風景が目に浮かんでくる。

「新聞記者」というある意味、強い「肩書き」をもった男性だか女性だかわからないが、その誰かに、執拗(しつよう)に「肩書き」を問われたときの違和感が、わがことのように感じられた。自分が言われたわけでもないのに、屈辱感まで抱いた。

肩書き、かあ。

思わず呟いた。

フリーランスのわたしの名刺には、「編集・ライター」という肩書きがある。

よくニュースで「自称○○」と報道されているのを目にして苦笑していたが、いやいや、自分だってそうじゃないか。名刺に添えた「編集・ライター」だって自称でしかない。この「編集・ライター」の七文字は、わたしという人間のなにを「証明」するのだろう……。

そのことを痛切に感じた出来事を思い出した。

スキル、スキル、スキル……

実はわたしは、一度だけ「派遣」に登録したことがある。

母が逝ってしまうちょうど半年前なのでよく覚えているが、二〇一六年の夏から秋にさしかかる頃。つい三年ほど前のことだ。当時もいまと同じように、フリーランスとして編集・ライターの仕事をしていた。

めっきり体力を落として、目に見えて痩せてきた母とは、病院の付き添いなどで行動を共にしたりして、わたしたちは互いに響き合う仲良し母娘ではなかったが、二人で話をする時間が急に増えた。

母はかねてより「フリーランス」という不安定で実態のよくわからない職に就いている、というか彼女にとっては「職に就いていない」娘を心配していた。

我が家（夫とわたし）は共働きなので、会計が別で、夫から特に経済的な援助を受けていない。そのことで、「あなたは食べていけているのか」と心配されてもいた。特に結婚十年ほどは、夫から生活費を渡されていなかったことが、母には理解しがたかったらしい。

「だって買い物して、ご飯をつくるのはあなたでしょ？　掃除や洗濯もするんでしょ？　どうして生活費をもらわないの？」

母娘といえども、生きてきた時代も考え方も違う。特に専業主婦ひと筋で、社会に出て働いたことがなく、二十歳そこそこで結婚して、夫から毎月生活費を渡されてきた母とは、状況も考え方も異なるのが当然かもしれない。

わたしたち夫婦が暮らすマンションは、元々夫が購入していたもので、マンションの購入費はもちろん共益費や光熱費の類いもわたしは払ったことがない。そのせいか、わたしには「人んちにタダで住んでいるんだから、食費くらい出すのがちょうどいいのかも」という考えがあった。

そのあたりは夫婦の考え方で母の関与することではないと思うのだが、わたしの「フリーランス」という不安定な状態が、病気の母の心身的な負担の一つになっていることについては、次第に申し訳なくなってきた。そんなことよりも自分の身体の心配をしてほしいのが、娘としての心情ではないか。

実際のところ、フリーランスの経済状態なんて、霧の摩周湖（ましゅうこ）より見通しがわるく、「発注」がこないかぎり、湖を頼りなく漂う小舟の行き先すら自分ではわからない。

いまは運良く小舟はゆらゆら港を往き来しているけれど、先行き不透明なことこの上ない。

多くの同業者が、首がもげるほど頷いてくれると思うが、この業界、この職種のフリーランスとは、いつどれだけの収入があり、今後どれほど仕事ができるのかわからない。未来は希望的観測だけで成り立っている。

その上、第1章を読んでくださった方はお察しのとおり、わたしはお金の計算が非常に苦手だ（ただのバカともいえるが）。貯金もできない。あるならあるだけ使い、ないならないで我慢する。自分でも思う。経済的に無能にもほどがある。

母はそれを理解しきっていた。まだパートナーがいる限りはなんとかなるかもしれないが、離婚でもして独りになったら（なぜかそのことも強く危惧していた）、この娘はたちまち住む場所も失い、人生が立ち行かないことになる、と察していたのだろう。

ことあるごとに、「安定した会社に勤めたらどうなの？」と、もう四十も半ばの娘に忠告するのだった。

「女が独りで生きていくなんて、大変なことよ」

（い、いまはまだ独りじゃないけど……）

ややもすれば感情を暴走させがちな元気だった頃の母の言葉なら反発していただろう。

だが、病魔に蝕(むしば)まれた老いた母の言葉は、いつになく痛々しくわたしに沁みた。

でも、フリーランスとしてライターや編集の仕事はできれば継続したい。

不安定な希望的観測と、確固たる経済基盤を両立させるためには……。

思いついたのが、アルバイトだった（安易にもほどがある）。月の半分をアルバイトに当てて、月の半分をフリーの仕事に当てればうまくいくんじゃね？

行き当たりばったりで、ツメのあかほどの人生設計能力ももたない自分にしては、所得倍増計画のような斬新なアイデアにも思えた。

思い立ったが吉日。早速、求人サイトにアクセスした。

もちろんどんな仕事でも良いわけではない。実はやってみたい仕事があったのだ。この際、夢も叶えちゃうぜ。うきうき気分でググったのは図書館業務だった。憧れていた図書館勤務である。

ちょいと検索するだけで、思いのほか多数の求人募集があるではないか。

大好きな本に囲まれたアルバイトと、編集やライティングの仕事を両立させられたら……毎日がめっちゃ楽しそう。

とあるサイトで、わたしがもっともよく利用する図書館らしき求人情報を見つけた。立地からして間違いない。いやっほー。えーっと時給は……九〇〇円。まぢか。思っていたより安い……。

でも出版社のアルバイト時代なんて時給七五〇円だったしなあ（二十年近く前の話だが）。その図書館なら自転車で通勤可能だし、雨の日もバスが利用できる。週に三〜四日の勤務でオッケーという条件も希望通りだ。司書の資格等も不要とある。貸出や返却の対応などのカウンター業務をはじめ、書架の整理も仕事の一部なのか。

はい、はい、そんな裏方仕事だって本の背表紙を見ているだけで勉強になるし問題ナッシング。むしろ最高すぎるっ。

完全に前のめりで浮ついたわたしは、求人サイトを通すのも面倒なので、直接、図書館に電話をかけた。代表の番号から、担当者に回された。電話口からは、やや困惑気味な男性の声で、「派遣会社を通して求人募集をしているので、そちらからご応募いただけますか」と返ってきた。

確かに求人サイトには、問い合わせ先らしき会社名が明記されている。その名で検索をかけると、すぐに市内の人材派遣会社のＨＰに辿りつき、希望する図書館の求人情報も掲載されている。

どうやら、わたしはまずその人材派遣会社に登録する必要があるらしい。その派遣元から、派遣先である図書館で働くことになるようだ。

なんだかずいぶん回り道をするんだなあ。大昔にしたアルバイトなら、雇い主に直接電話をかけて話が進んだのに。

実はこの時点で、わたしは「派遣労働者」のシステムをまるで理解していなかったのだった……。

一九九三年に新卒で入社したアパレルメーカーでは正社員だった。一九九九年に転職した出版社ではアルバイトから始まり、契約社員、正社員と段階を経て登用された。アパレルメーカーにも出版社にも、アルバイトはいても派遣社員はいなかったと記憶している。

前述のように、一九九九年に原則自由化された経緯から、当時はまだ「派遣労働」がいまほど社会に浸透していなかったという背景もあるだろう。

とはいえ二〇〇四年の小泉内閣時代に、「構造改革」の名のもとで製造業への派遣が解禁されたことで、非正規労働者が増加し、そのことが「働いているのに貧困」、いわゆる「ワーキングプア」という社会問題を生んだことも見聞きはしていた。

でもやっぱりどこか他人事だったのだ……ひどい。

しかしながら、そんなわたしも、図書館で働きたいがために「派遣社員」として登録を迫られることになった。

「派遣社員」になるための流れはこうだ。

人材派遣会社のHPに設定されているウェブページでプロフィール入力→担当者から連絡を受けて会社を訪問・登録→スキルチェック→面談。

なるほど。

ウェブでのプロフィール入力なんて簡単。

と打ち込み始めてほどなく、わたしのテンションは急激に下がる。

学歴や職歴、資格などはそのまま書けば良いのだが、「一般・営業事務」「総務・経理事務」「Wordスキル」「Excelスキル」「PowerPointスキル」と進むに従って、自分が選ばねばならないスキルの選択項目はほぼ最低のものばかりだったからだ。

「〜することが難しい」をクリックする度、自分の無能さを突きつけられる。

社会人になって二十五年ほどになるが、わたしはいわゆる事務職の経験がほとんどなく、Excelで表をつくることも、PowerPointでプレゼンの資料をつくることもできない。Wordもテキストを打つことでしか活用できない。

語学のスキルもゼロ。人材派遣会社が能力の程度を知りたいスキルチェック項目が並ぶプロフィール入力において、自分という人間を評価できるポイントがまるでなかった。

最後に「活かせるスキル・経験について入力する」という項目があった。

少し迷って「人の話を聞くのが得意です。聞いた話を文章にまとめることは慣れています」などと小学生の作文のような文面を記入しながら、その「たいしたことのなさ」に失笑すらこぼれた。

スキル、スキル、スキル……スキル地獄か！

このウェブでのプロフィール入力の時点で、すでにうきうきした気分は消え、心には暗雲が立ちこめて、その重たさに苦痛すら感じていた。

なんとか送信して、数日後、その人材派遣会社を訪問することになった。

タイトなパンツスーツで颯爽（さっそう）と現れたわたしより少し年下っぽい女性スタッフ（名刺には「マネージャー」と肩書きがあった）は、てきぱきと必要な書類を並べ、幾度となく繰り返してきただろう説明を、よどみなくすらすらと終えると、「パソコンのスキルチェックを行いますので、この文章を同じように入力してください」と、六〇〇字ほどの文章が書かれた紙を差し出した。

げげげ、またスキルかよっ。

しかもWindowsって……あああ。

あの……じ、実はMacしか使ったことがなくて、Windowsとはキーボードが少し異なるので、「っ」とか英文字の打ち込み方がわからないんですけど……。

しどろもどろで情けなく打ち明けるわたしに、女性マネージャーはほんの微(かす)かに浮かべたがっかりした表情を瞬時に笑顔で隠した。その上、親切に操作方法を説明してくれて、練習までさせてくれるという。本テストはそれからでもいいですよ。

天使？

が、頑張りますっ。

しかし練習後の本テストの結果が思わしくなかったことは、わたしの打ち込みを刷りだした紙にいくつも赤く修正が入った用紙を手に、別室から戻ってきた女性マネージャーの表情から読み取れた（ちなみにわたしは、左の人さし指と右の親指、人さし指、中指の四本を使ってしかキーボードを打てない……。そんな姿を見られていたら、「鶴の恩返し」に出てくる鶴の嫁さんのように恥ずかしさのあまり恨みがましい気持ちになっていたかもしれない）。

三分間でこの文字数？　しかも誤字脱字もこんなに……。

そんな彼女の叫びが聞こえるようだった。

パーテーションで区切られた人材派遣会社のその面接室で、わたしはひたすらバッタのように何度もぺこぺこと頭を下げて、すみませんすみませんと能力のなさを詫びた。途中からは、誰に、なんのために謝っているのかもわからなくなるほどに。

スキルチェックと面談を終える頃には、正直、図書館でアルバイトするとかどうとかよりも、わたしという存在がいかに「社会的に使えない」かを叩きつけられたことで頭がいっぱいになっていた。

数日後、「この度は残念ながら……」というご連絡をいただいたとき、すみませんとまた謝った。

その図書館以外で働きたいと思えなかったので、人材派遣会社には登録削除を依頼した。そもそもわたしのその「スキル」評価で「使える」と判断するような職場があり、「派遣の依頼」がくるとは、もう思えなかったこともある。さらに言うと依頼がこなかったら、わたしのちっぽけな自尊心は真夏の路上のミミズのように干からびて朽ち果てるだろうとも感じたからだ。

実のところ、もし当時、「派遣さん」としてその図書館で働き始めたとしても、その後、母や父のことでにわかに人生が慌ただしくなり、週三〜四日もシフトに入れなかっただろう。迷惑をかけることになる前に、採用されなくて良かったのだ。

そんな悠長なことが言えるわたしは贅沢で、働きたくても働けない人の気持ちなんて理解できていないのかもしれない。

ただ、この体験により、社会から「査定」され、「否定」される立場に置かれるときの、言いようのない理不尽さが少しだけ感じられるようになった気がしている。

母は結局、「フリーランス」の娘を心配しながら旅立ち、わたしはなんとか書いたり編んだりする仕事で、食べて生きている（まだ独り身にならずに）。

でも思う。

四十歳になるまで「派遣労働者にもなれなかった」と感じている渡辺さんが、記者から執拗に問われた「肩書き」を、わたしだってもっていないも同然なのだ。

必要なのは「働き方改革」ではない

渡辺さんが四十歳を過ぎてようやく手にすることができた「派遣労働者」という立場の人は、彼女がそうであったように八割超が正社員登用を希望するという。

しかし「派遣労働者からの正社員登用は約一・七パーセントで、非正規労働者は多くの裁判で賃金や昇格差別を闘ってきたが、ほぼ負け続けている」と、弁護士の棗（なつめ）一郎さんが厳しい現状を述べている（二〇一五年八月時点）。

実は母が異様なまでにわたしの行く末を心配したのには、大きな理由がある。彼女は子育てもひと段落した五十歳を過ぎた頃、性格の合わない夫との離婚を真剣に考えるようになっていた。相談を受けた娘（当時は正社員だった）は、同じ女として、母の決断を支持した。嫌なことはもう我慢しないほうがいいよ。自分の人生なんだから。

けれども母は躊躇し続けた。一度も社会に出て働いたことのない自分が、いまになって職を得られるのか。女独りで生きていけるのか。無理に決まっている。

そうやって諦めて迷って踏み出そうとしてまた諦めているうちに、夫が脳梗塞で倒れて要介護者となったとき、母にはもう離婚という選択肢はなくなっていた。思えば、彼女の最後の自由な選択の一つだったのに。

じゃあ、わたしと暮らせばいいじゃない。そんなことも言えなかった自分の不甲斐なさが、いまでも時折胸を刺してくる。

数年も経てば、わたしは「女独りで生きていく」ことに悩んだ当時の母と同じ年齢になる。

いまはフリーランスだとか適当なことを「自称」しているが、わたしはいつまでこうやって文章を書いたり、編集作業をしたりすることで、収入を得て暮らすことができるのだろうか。この不安は、勤め人であることを止めた、「自由な働き方」をわたしが選んだ結果なのだ。

国民年金、健康保険料、病気をしたときのために自分でかけた生命保険、各種税金（上がり続ける消費税）を払うと、手元に残る金額は驚くほどちっぽけで、フリーランスのままで生きていけるか草葉の陰で母はいまも心配しているだろう。

かといって、派遣労働者にもなれなかったわたしは、どうやったら生きていけるのだろう。アルバイトかパートか。それだって「スキルの低い」わたしにどれだけの選択肢があるのだろう。職種によっては、年齢制限だってないと謳いつつ、そんなものはきれい事で、現実には確かに「壁」がある。

母が心配していたように、わたしも自分が心配だ。

女手一つで二人の子どもを育てあげ、いまはお母さまと暮らしているという渡辺照子さんとは比べものにならないし、お前は好きに生きてきただけだろうと言われたら返す言葉もないが、それでも彼女の叫びがわたしには他人事には思えないのはなぜなんだろう。

二〇一五年の派遣法改正では、派遣スタッフの雇用安定化やキャリア・アップのための制度が許可基準のなかに盛り込まれ強化されたと謳われているが、はたしてどうだろう。派遣スタッフに対する差別の禁止や均等待遇保障にもまだまだ大きな課題がある。

また、同じ職場での派遣労働を原則最長三年とする一方、派遣元には三年に達した人の直接雇用を派遣先に依頼するなどの「雇用安定措置」が義務づけられた。

それって、一見「働く人のことを考えた」提案に思えるかもしれないが、実際のところは、派遣元・派遣先の両者である雇用側の都合を優先した、ただの蹴り込み合いに感じるのはわたしだけだろうか。

労働者の人権が守られた雇用や、キャリア権の保障につながる課題も残っている。渡辺照子さんの「雇い止め」もそうした問題の一つの表れであるだろう。

また、ちょうどこの文章を書いているタイミングで、派遣社員に勤務年数や能力に応じた賃金を支払うように人材派遣会社に義務づけることを、厚生労働省が発表した。

総務省によると、二〇一八年の日本の非正規労働者は二一二〇万人（にせんひゃくにじゅうまんにん!!!）。平均の賃金水準は正規労働者の六割程度と、欧米に比べて格差が大きいと指摘されてきた。

そうした背景から、同じ業務で三年の経験を積んで業務内容が変われば、初年度より賃金を三割上げるなどの具体的な指針もまとめられた。

これは二〇二〇年四月に「同一労働同一賃金」の制度が始まるのに合わせ、正社員との賃金差を縮小するのが目的だ。

「同一労働同一賃金」の制度とは、働き方改革関連法の大きな柱の一つで、「同じ企業で同じ業務に就いている人は、正規や非正規といった雇用形態に関係なく、同じ水準の賃金を支払う」という原則だ。

これだってなんだか聞こえは良いが、そもそも三年で辞めなきゃいけないっておかしくないか？　それが「自由な働き方」なの？

わたしは、この先も自分が派遣労働者になれるとは思えない。年齢を重ねれば派遣登録でますますつまずくだろう。

わたしにも可能な「働き方改革」があるのだろうか。考えれば考えるほど不安しかない。

母の声がどこかから聞こえてくるようだ。

「ゆみこちゃん、だから言ったでしょ。ヤバいわよ」

ひー。

いまさらのように「知っておかなければならない」と勉強を始めた社会保障制度のなかでも、わたしはとりわけ「生活保護制度」について関心が高い。なぜならけしてそれが他人事ではないと、常に感じているからだ。

二〇一九年十月に消費税の税率が引き上げられ、軽減税率制度が実施された。

さらには、二〇二三年十月には「インボイス制度」が導入され、中小事業者の経営に大きな影響が及ぶと懸念されているそうだ。断片的に見聞きする限り、わたしのようないわば極小の自営業者であるフリーランスには大打撃となりそうだ。それなのに、国税庁の「インボイス制度」の説明はややこし過ぎて、一〇〇万回読んでも理解できそうにない。煙に巻かれたような気分だけが残る。

バカはアリのように働き、言われるがままに納め、死んでいくしかないのか。そんなのやっぱり悔しい。

生活保護制度だって、わたしに与えられている権利だ。もしそのときが来たら堂々と申請して受給したい。それには情報と最低限の知識が必要だ。わたしは間違っていた。必要なのは、「働き方改革」ではなくて、なにより「知る」ことなのだ。

わたしはこの国から、「健康で文化的な最低限度の生活」を送ることを保障されている。改革すべきは、アリの働き方ではなく、アリに保障されているはずの権利が正しく行使されていない現状ではないのだろうか。

そんなことを悶々と考えながら、四本指打法で必死にキーボードを叩いているスキルの低いわたしなのであった。トホホ……。

安定してない
けど
私なりに
なんとか
やっていくから
ダイジョウブよ
お母さん

第9章

父のすててこ

地域の「寄合場」を立ち上げた、と第3章で書いた。

ご近所さんを中心に、性別も年齢も問わずなんとなく「居る」ことができる場所がつくれたらいいな。

母や父が介護や看護でいろんな方のお世話になったことも強く影響している。恩返しじゃないけれど、自分が助けてもらったように、そして異なるカタチになるだろうけれど、誰かの役に立てたら。そんな単純な思いがまずあった。

飲食店を営む近所の友人が共感してくれて、彼が一人で切り盛りしているバルは夜営業が中心なので、空いている昼の時間にお店を使わせてもらえることになった。

場所を確保したものの、黙ってぼーっとしているだけでは誰か来てくれるわけはない。人が「集う」には目的がいる。思いついたのが「金継ぎ（きんつぎ）」だった。

金継ぎとは、割れたり欠けたりした陶磁器をうるしで接着・穴埋めし、継ぎ目を金や銀などで飾る修理法だ。単なる補修ではなく、金や銀を纏（まと）った器が新しい姿で甦（よみがえ）ることが魅力でもある。

ただ、うるしを使うことで手がかぶれたり、少しずつ乾燥させて作業を進めるため時間もかかる。初心者にはいささかハードルが高い。

そのため、植物性の樹脂を主原料として、うるしに似せて開発された合成塗料である「新うるし」を使った、簡易的な金継ぎがある。材料費もうるしを使った金継ぎの一〇分の一程度で済む。欠け部分の補修には合成樹脂のパテを使うため、二時間ほどでひと通りの作業を終えることができる。

東京の荻窪で、さまざまなワークショップやイベントを主催している6次元のナカムラクニオさんが、ここ十年ほどこの簡易版金継ぎを広めるべく各地でワークショップを開催しており、わたしも一度参加したことがあった。

うるしを用いた金継ぎを施した器と比べると、使用による劣化などに差はあるかもしれないが、捨てようかと迷っていたような半端な器を、初心者でも簡単に「また使える」「見た目に美しい」状態にもっていけるのは嬉しい。

不要になったモノに、また命を吹き込む金継ぎ。そういう趣旨なら、高齢の方が興味をもって参加してくれるかもしれないとも考えた。

簡単なのに「モノづくり」に通じる面白さがあること、仕上がった器が「自分だけの作品」のように思えることもあり、毎回好評で、幅広い年齢の男女が参加してくれた。

その日のうちに持ち帰るには、塗料を乾燥させる時間が必要となる。それを利用して参加者みんなの自己紹介タイムとした（ナカムラクニオさんのワークショップを踏襲して）。

すると、子どもが小さかった頃に使っていたプレートで、実は一〇〇均で購入したお皿なのだけれど、思い出が詰まっているので捨てられない。一九九五年の神戸の地震時に二客が割れたものの五客セットだからそのまま置いてあった。いまは介護が必要な身となり料理ができなくなった母だけれど、彼女が好んで使っていた大皿だから……。

生活と密着した器には、日常の風景が宿る。そんな家族のエピソードから、現在抱えている困りごとなどを話してくれる方もいた。一人の話に他の参加者が共感したり、誰かの話に「実はわたしも……」と打ち明けてくれたり、ちょっとしたオープン・ダイアローグ（開かれた対話）の場ともなった。

最近は定期的に開催できていないが、この寄合場には「くるくる」という名前をつけている。実はこのネーミングが先にあった。

思いつきの発端は個人的なものだ。

母が亡くなった後のこと。兄と弟とわたしのきょうだいは、父を引き取って自宅で介護するのは難しかったため、父は介護付きの老人ホームでお世話になっていたことを第5章で書いた。

そうなると、両親が二人で暮らしていたマンションは無人となる。交代で窓を開けて空気を通したり、静かに積もる埃を拭いたり掃いたりしていたが、人の気配のない家の空気は、それだけでなんだか気を滅入らせる。

空き家だと察したのか、ベランダには目敏く鳩が棲み着くようになり、フン害も発生し始めた。鳩は人の気配を感じると姿を隠したが、ある日、弟が産みたてほやほやの卵を見つけた。ちょうどその頃、ホームで過ごす父がわたしたちに呟いた。

「もうマンションは売ったほうがええんちゃうか」

その必然性を薄々感じていたけれど、妻を亡くした人間から家まで奪うような提案はさすがにできない。でも誰よりも先に父があっさりと提案してくれたことで、わたしたちは少しほっとした。そういえば父は、昔から物事を合理的に考える人だった。

いまになって思えば、それからほどなく認知症の症状が強く出始めた父名義の不動産を、そのタイミングで売却できたのは結果としてベターだった。

認知症などの判断能力が不十分な人の不動産の譲渡や売却は、権利擁護の点から、司法制度である成年後見制度の行使など、とても煩雑な手続きが必要となってくるからだ。

売るとなれば、まず家を空っぽにする必要がある。気が進まずにずるずると保留にしていたが、いよいよ本気で実家の整理に取り組まざるを得なくなった。

まず父の衣類など必要な分を持ち出して、あとは形見分けのように家族のそれぞれが手元に置きたいモノを持ち帰った。
二、三年前、母はまだ体力のあるうちにと、なにかを予感していたのか自分なりに家のなかを整理し、不要なモノを処分していた。それでも、「暮らす」とは「モノに囲まれる」ことで、どの部屋、どの収納にもモノが溢れかえっている。
空間を埋めているのは両親のモノであるはずなのに、食器の一枚から、家具や細々とした生活雑貨などのほとんどが、なぜか「母のモノ」に思えた。それを選んだのが母だったからだろう。家庭という場が、いかに女性の手で切り盛りされているのかも考えさせられた。

母がいなくなってまだ間がないせいか、マンションの隅々にまで母の気配が濃く漂っている。それを感じながら彼女が手にしていたであろうモノをゴミとして処分することは、想像していた以上に精神的負担が大きかった。

父が生きているので正確には遺品ではないが、やっぱりある意味で遺品整理のような作業が続く。父がこの家に戻ることはもうない。その事実も幾度となく胸を締めつけた。

実はわたしはそのマンションに一度も住んだことがない。

両親がそこに転居したのは、父が脳梗塞で倒れて商売を畳み、それまで暮らしていた少し広めの一軒家を売却したためで、わたしはそのタイミングで彼らと離れて一人暮らしを始めたからだ。

マンションの思い出には、自由の利かない身体と高次脳機能障害の影響なのか性格も変わって一気に老け込んだ父と、その父を一身に支えて、会う度に疲労感を深く顔に刻む母の姿ばかりだ。

そんな空間で、一人でごそごそとモノを選別し、ゴミ袋に詰めていると、「老々介護の場から逃げ出した」自分の過去を否応なく突きつけられて、自分で自分を責めずにいられなかった。

加えて、母のモノをゴミとして扱うことは、彼女の生きてきた足跡まで無下（むげ）に扱っているようで、どうしようもなく苦しかった。

母を大事にできなかった分、せめて遺されたモノだけは……。

夏の暑い盛りに、なにかに取り憑（つ）かれたように時間を見つけてはマンションに通うようになった。

もう長く車を運転していないため、自宅からキャリーバッグをがらがら引きながらバス、電車、バスと交通機関を乗り継いでマンションに足を運び、食器類や茶器や雑貨など、母が特別に扱っていた覚えのあるモノを片っ端からバッグに詰め込んだ。帰り道は、闇市にでも行ってきたかのように、両手にいっぱい、背中のリュックにもずっしりと荷物を背負って。

持ち帰ったモノは友人限定のSNSなどにアップして、引き取り手を募ったり、さらには好んでくれそうな人に、こちらから「もらってもらえないか」ともちかけたり。いま思えば狂気の沙汰（さた）ではないか。そんなの断れるわけないよね。

冷静さを欠いたわたしは、自己満足だけで、必死になって実家のモノを誰かに押しつけ続けた。

モノを運び、譲渡先を決めて、梱包して、郵送する。そんな日々にふた月ほど没頭しただろうか。もうこれ以上はどこにも譲りようがない。ある日、きりがついた。その瞬間に異様な熱意が消えた。

母の死に対する通過儀礼だったのだろうか。その日から、わたしの心は少しずつ平穏を取り戻していった。と同時に、自分がくたびれ果てていることにも気がついた。

実家の整理をしながら、櫛（くし）の歯が抜け落ちるように母のモノが消えていく部屋の風景は、母の不在を強烈に感じさせ、彼女の気配が漂っていたときとは異なるカタチで、心をかき乱した。

最終的に、弟が知り合いの業者に頼んですべてを処分してもらった。立ち会っても良かったけれど、もうそんな気力さえ残っていなかった。

いまもって、あのときの自分の行動がよく理解できない。ただ、なにかしていないと耐えがたい空虚が襲ってくるような気がした。

にしても、遺品整理はキツい。

しばらく寝込んでようやく気力が戻ってきたある夜、夫と食事をした帰りに、後に寄合場「くるくる」の拠点ともなる友人のバルにふらりと寄った。お酒も本格的に飲めるので、マンハッタンをオンザロックで注文すると、どこか見覚えのあるずしりと重いカッティングのきれいなグラスが目の前にすっと差し出された。それは母の大切にしていたグラスだった。店主の友人は、そうそう、という顔で笑っている。お店で使ってもらえたらと、彼にも十数個のグラスを引き取っていただいていたのだ。

ふとカウンターの横に目を向けると、ほかにも懐かしいグラスで楽しそうにお酒を飲んでいる人の姿が飛び込んできた。ぽっと胸があたたかくなり、無性に泣きそうになった。どこかで母が笑っているような気がした。

遺品がゴミになると、遺された人はいろんな意味で傷つく。でも、ほかの誰かの大切なモノになれば、モノはまた生き返る。そうして遺した人の思い出まで生き返らせてくれる。

モノがそうやってグルグルくるくると循環すれば、いろんな場所に幸せが増えるのではないだろうか。できるならば「遺品」となる前の、持ち主の元気なあいだに、自らの意思でモノを整理して、譲る側、譲られる側の双方が納得するやり方でモノを移動させられたら……。モノは単なるモノではなく、「贈りもの」として、思いも一緒に循環させることができるかもしれない。

というところから、「くるくる」という名前で、いつか思いとモノを循環させる場をつくりたいと思い立ったのだ（説明長いっ）。

Mさんの鍋

遺品の処分は、今後深刻な社会問題の一つとなるだろう。わたしが暮らす市の社会福祉協議会の人から、そう教えられたことがある。

二〇二五年には団塊の世代が後期高齢者（七十五歳以上）に達することで、介護や医療などの社会保障費の急増が懸念されている。同時に、増加する一人暮らしの高齢者が亡くなった後の整理や、空き家問題も深刻化するだろう。

大量のゴミが発生する遺品整理は、基本的に遺族が行わなければならない。近い親族がいない人だと、少し遠縁でもその任が回ってくることもあるだろう。作業を行う専門の業者も多いが、想像しているより結構な費用が掛かる。故人が賃貸住宅に住んでいた場合、早急な退去を迫られる。待ったなしなのだ。

一人暮らしから介護施設に入所して亡くなった場合は、入所前の住居が生活空間のまま残されることも多い。一軒家の場合はそのまま放置され空き家となるケースも増えていて、不審者が住みついたり、放火などの標的ともなりやすく、地域の治安悪化の一因ともなる。

遺品整理は法制度上、行政が関与しないため、地方自治体はこうした事態を防ぐべくいろんな意味で「生前整理」を推進したいが、力を入れて取り組む地域はまだまだ少ないのが現実だ。

また、生きているあいだは、「死」を遠ざけて、あまり考えたくないと思う人も多い。それも「遺品」という名の「ゴミ」の問題を生んでいるのかもしれない。

遺品はゴミなんだけれど、やっぱりゴミじゃない。テレビなどで「ゴミ屋敷」を目にすると、きりきりと胸が締めつけられる。結果としてゴミかもしれないけれど、一つひとつに誰かの時間と思いが含まれているのだ。

少し話が変わるが、うちには「Mさんの鍋」と呼ぶル・クルーゼの直径一八センチの両手鍋がある。

Mさんは、拙著『人生最後のご馳走』の冒頭でも、取材を始めることになったきっかけとしてエピソードを書かせていただいた。

飲むこと食べること、人生をふくよかに生きることを教えてくださった街の大先輩だ。そしてがんと闘い抜いて、でも最後まで自分のスタイルを崩すことなく生ききって命を全うされた。

その大先輩と夫は、わたしよりも何倍も長年の親しい関係にあった。Mさんの忌明(いみあ)けの頃、夫宛てに香典返しのギフトブックが届いた。二人ともなにかを選ぶような気持ちになれず机の上に放っていた。

ある日、ふとぼんやりぱらぱらと捲(めく)ってみると真っ赤な両手鍋が載っていた。我が家には同じ型の白色があり、とても使いやすいことがわかっていた。真っ赤な色がぱあっと明るく、粋(いき)で華やかな雰囲気だったMさんを思い出した。

品番を書いて葉書を出したのを忘れた頃に鍋が届いた。その日の夜、赤い鍋に油をどぼどぼと注ぎ、ちょうど身がぷっくりしてきた牡蠣(かき)を揚げてフライにした。

保温力の高い琺瑯(ほうろう)の鍋は、冷たい具材を入れても温度が一気に下がることなく、牡蠣フライはこれまでに家で揚げものをしたなかで、いちばん美味(おい)しくカラリと揚がった。レモンをぎゅっと絞り、二人で争うように牡蠣フライをはふはふと口に運びながら、Mさんも好きやろうな、そうやねと、冷えた白ワインを空けた。以来、赤い鍋はMさんの鍋として、揚げものの際にいつも抜群のパフォーマンスを発揮してくれるのだ。

季節が移ると、その時々の旬の食材をフライや天ぷらにする。その度にMさんを思い出す。わたしたち夫婦の日常を、Mさんが美味しくしてくれるのだ。

そういえば、母の愛用していたフィスラーの小鍋を夫が好んで使っていて、カレーなどを煮込む度、「お母ちゃんの鍋でやると旨いなあ」と叫ぶ。

死者はそんなふうにわたしたちの日常に存在している。

という文章を、わたしはいま、父の遺品であるすててこを穿きながら書いている。昨日が四十九日の法要だった。

今夏のお盆前、肺炎を発症して入院した父は、二週間ほどであっさりと逝ってしまった。まだまるで実感がない。

父の遺したモノはあっけないほど少なかった。介護付き老人ホームに入所した際に必要最低限にしていたからだ。父が脳梗塞で倒れる前に身に着けていた衣類は、介護の際に支障が出て着られなくなったため、実家整理の際にほとんどを処分していたこともある。

そもそも父はあまりモノにこだわらない人だった。「家族」という関係には重苦しいほどに強く執着したが、年中同じ服を丁寧に着て長年履き慣れた革靴を磨いて愛用し、無駄にモノを買うようなこともなかった。遺された衣類の大半は、倒れて以降の、介護のしやすさを優先した機能性を重視したものばかりで、父自身が愛着をもって身に着けていたわけでもない。

父の葬儀の際、わたしたちきょうだいはつい二年半前に母の葬儀を経験したばかりだったので、変な言い方だが、どこか慣れて余裕さえあった。兄は喪主として仮通夜、通夜、葬儀の段取りをスムーズに決めていき、諸々の打ち合わせもすんなり進んだ。

仮通夜の前、きょうだい家族と揃ってゆかんに立ち会う時間までもつことができたのだが、潔癖症なほど清潔好きだった父が、温かいお湯をくぐってヒゲも剃り落としてもらうと、すっきりときれいな姿になったことに、家族はほっと安堵した。

さっぱりした父の顔をのぞき込んで、兄と弟とわたしは息を呑んだ。

半身麻痺の後遺症は顔面にも出ていて、倒れて以降は筋力低下のため左半分がだらりと下がり人相も変わっていたが、ゆかんを終えた父の顔は、麻痺する前のように左右対称に戻っていたのだ。

そうだ、父はこんな顔をしていたよなあ。十九年ぶりに目にした顔つきに、わたしたちの心には懐かしさが溢れ出した。

葬礼が終わるまでの合間を縫って、きょうだい三人で父の思い出話ばかりした。母がいなくなってから、いろんな意味で振り回された時間を回想し、あのときは大変だったよな、だったよね、となぜかすべてが笑い話になる。そんなふうに感じさせる愛嬌が父にはあったよな。なんやろな。不思議やな。そう頷きあった。

元気だった頃の顔に戻った父を前に、それぞれがもつまだ若かった頃の父の思い出を話すと、お互いに知らない姿が次々に浮かび上がる。父よ、あなたはいろんな意味で面白い人でしたね。

よく働き、よく遊んだ。自己中心的ではあるけれど、我慢強い、スジのとおった考え方をする人でもあった。

いや、どうだろう。人というのは多面的で、その人がどうであるかをひと言では言い表せない。まあ、別になんでもええんとちゃうか。父が飄々と呟く声が聞こえてくるような気がする。

思えば、父が倒れて、母が逝くまでの十六年は、母を通しての父しか見ていなかった。この二年半ほど、父と向き合わざるを得なくなってから、父とわたしの関係はずいぶんと変わった。

いがみ合っていたと思っていた父は、相変わらずマイペースで、なんだかわたしが独り相撲で苦戦してきたようにも思えた。将棋が好きだったことを思い出し、夫に習って、父と将棋を指すようになってからは、盤を挟んで時折、母の思い出話をした。わたしが母にどれだけ怒られたかとおどけて悪口を言うと、父は「ママはあまり怒らなかったけど、一度怒ると怖かった」とニヤリと笑みを浮かべることもあった。

認知症のせいなのか、日に何十回と掛かってくる電話に辟易(へきえき)としたが、いまはもう鳴らない電話に、ふとした瞬間胸が詰まる。

夫に振り回されっぱなしの人生だった母が父より先に逝ったとき、彼女が不憫(ふびん)で申し訳なくて、順番が逆ならどんなに良かったかとさえ、絶望した。鬼のような心で。

でももし逆だったら、わたしはこんなふうに父の不在を寂しく想えなかったかもしれない。

憎しみを抱えたままで父を亡くさずに、わたしたちの関係が変わることができたのはこの二年半という時間があったからだ。複雑な心境もあるが、もしかするとこの時間は母がくれた贈りものだったのかもしれないとも思う。

ごく限られた父の遺品から、まだ新しい、綿のつるりとした生地で、外にでも着て行けそうなデザインのすててこを見つけたとき、どこか小紋のような柄が気に入ってなんとなく除(よ)けておいた。眺めているうちに、自分で穿いてみたくなった。自分のすててこを娘が穿くだなんて、父は間違いなく嫌がるだろうと想像したら、なんだか可笑しくて、よけいに穿いてやりたくなった。

わたしたち父娘は、いつもそうやってお互いに妙な意地と我(が)を張り合ってきたのだ。わたしが笑うのを見て、たぶんあの人はもっと嫌そうに、同時に小さくニヤリと笑みを浮かべるだろう。父の遺したモノは、不思議とわたしを明るい気持ちにさせる。

あんなお父ちゃんなのに、美化されすぎてやしないかと、自分に突っ込む。また父のニヤリが浮かぶ。母が逝ったあと、笑わなくなった父。その父が笑ってくれるのがいちばん嬉しかった。パパ、ありがとう。

そのうち
娘が父のすててこを
はくのが　はやるかも
知れない

いささか長いあとがきのようなもの

連載の単行本化が決まると、編集担当であるミシマ社の三島邦弘さんが、装丁を名久井直子さんに依頼してくれた。尊敬する装丁家の一人だ。最高に嬉しかった。

さらに名久井さんから、装画を細川貂々（てんてん）さんに描いてもらう案が出ていると聞かされて、ものすごく驚いた。

貂々さんは、わたしの、いや、わたしたちの命の恩人だったからだ。

もう十五年近く前になる。

当時付き合っていた男が、パニック障害を発症した。パニック障害とは、突然めまいや動悸（どうき）や息苦しさなどのパニック発作を起こす不安障害の一種だ。たいていの場合は少し安静にしていると、三十分ほどで症状が治まるという。

職場で発作が起きると、意識が遠のくような症状を見せたため、救急車で運ばれて病院で点滴などの処置を受けるということが何度かあった。

彼は当時、職場で大きなストレスを抱えていて、その精神的不調が身体にも現れたのであろうことは周りの目にも明白だった。さまざまな成りゆきから、結果として長年勤めた職場を離れ、仲間と新しい会社を立ち上げることになった。その選択は悪いものではなく、むしろ災い転じて福となすといった手札のようにわたしには思えた。

一番のストレスを切り離したおかげなのか、パニック障害の症状はひとまず落ち着きをみせた。

でも人の身体は、そう単純なものではない。別のカタチで変化が現れるようになった。

わたしたちは当時お互いが一人暮らしだったので、週末はわたしが彼の家に行って一緒に食事をしたりしていたが、食べることが大好きなはずの彼が、食事も取らずに身体の怠さを訴えて、終日寝込んでしまうような日が出てきたのだ。

寝室をのぞくと、布団にぎゅうぎゅうくるまって、寒い寒いとガタガタ震えている。それなのに顔や頭からものすごい量の汗が吹き出して、おでこに手をあてると、平清盛の最期のように水が熱湯に変わりそうなすごい高熱だ。慌てて冷凍庫から氷枕を探し出してあてると、「やめてくれ……寒いんや……寒い……」といっそう身体のガタガタは激しくなり、消え入りそうな小声で繰り返す。

わけがわからない。

でも、なにかの異常が起きていることは確かだ。病院に行こうと提案するものの、「どこにも行きたくない」と外に出るのを嫌がるめそめそした声が返ってくる。

めそめそ。それは、態度も声も大きな彼の対極にあったはずの姿ではないか。初めてそんな様子を目にしてわたしはショックを受けた。熱は上がったり下がったり、カメレオンのように変化する。結果的に必ず下がるといえば下がる。それだけは小さな安心の材料ではあった。風邪でもなさそうだ。どうやらパニック障害とも異なる。高熱の原因はなんなのだろう。もやもやしたまま日が過ぎた。

ほどなく平日にも調子を崩す日が増えてきた。悪化している。心配だ。

と同時に、診察を受けるでもなく、自分から原因を探ろうともしない彼の態度に、次第に苛立(いらだ)ちを覚えるようになってきた。ガタガタ震えてめそめそする男の家は、火が消えたように陰気くさく感じ（明るい照明も辛い眩(まぶ)しいと嫌がったので本当に暗かった）、可哀想ではあるが、寝込んでばかりの彼の存在が重たくて、一緒にいるのは正直しんどい。

ええ大人がめそめそしやがって。

そんなひどい言葉が危うく口から出そうになるほど、わたしの中には排ガスのようなストレスが溜まってきた。それを抑えることができず、悪態が口からぽろりと出てしまうにはさほど時間がかからなかった。

しんどいって気の問題ではないのか。

頑張ってしっかりしてほしい。

閉じこもっていないで、外に出て気分転換でもしたらどうなのだ。

キツい口調で思わずそんな言葉を投げつける。

「責めんといてくれ。すまん……すまん……」

雨に濡れて垂れた猫のしっぽのような情けない声が返ってくる。

わたしのきーきーと騒ぐ声が痛いのか、シャットアウトするように布団をずり上げてすっぽり頭まで隠して、うーうーと唸る男。

責めてないやん！　提案でしょ。頑張ってよ！

もう言わんといてくれ……。許してくれ……。

怒ってるんじゃないやんか！

どう考えても怒っていた。そうしたやり取りを繰り返していたら、ある日、男が「死にたい」とこぼすようになった。

ま、まぢかよ……。

身近な誰かに死にたいと言われたことがある人ならわかると思うが、その言葉を聞かされると、心が呼吸困難を起こしたように苦しくなる。身体中に二度と剝がせないものがべったり貼り付いたように重たくなる。

自分がしんどいからって、わたしまで巻き込んでしんどい思いをさせるのはやめてください。

また叫んだ。ひどい。でも、わたしも抜け出せない迷路にはまりこんだようで辛かったのだ。それをほかの誰にも相談できない状況でもあった。わたしもいっぱいいっぱいだった。悪循環。わかってはいるけれど、苛立ちが止められない。彼の調子はますます悪くなっていった。

好きな音楽を聴くことがいちばんの楽しみだったのに、「聴く気がしない」とオーディオ機器にも触ろうとしない。暇なわたしが映画を見ようとしたら、賑やかな音が辛いから消してくれと言う。外出したいと言えば、不安だからそばにいてくれと引き止められる。どん詰まりで足踏みしているような感覚。

わたしまで死にたくなってきた……。

その言葉を聞いて、男は泣いてしまった。そんなこと言わんといてくれ。俺が悪いんや、俺が悪いんや……。

どんどん辛い。わたしはいったいどうしたらいいのだ……。途方に暮れた。

彼と同じような人がいないかと、インターネットで検索をかけてみると、男性の更年期障害の症状がヒットした。吹き出す汗はホットフラッシュ、全身の怠さや気分の落ち込みも当てはまる。

関連書籍を二冊ほど取り寄せて、男に読ませる（というより、本も読めないのでわたしが音読した）。

これ、当てはまるんじゃない？　そうかも。これは？　それはない。

該当するようなしないような、どうもどこかしっくりこない。更年期障害ではないのかもしれない。

再び検索を続けるうちに、うつ病の症状にも似ているように思えてきた。どうやら、パニック障害からうつ病を、あるいはうつ病からパニック障害を発症する合併症率が高いようだった。思いもかけなかった。

さらに検索していくうちに辿りついたのが細川貂々さんのコミックエッセイ『ツレがうつになりまして。』だった。またすぐに入手した。

読み進めるほどに心臓がばくばくした。そこで描かれていたツレさん（貂々さんの夫）の不具合のほとんどが、彼の状態にぴたりと当てはまったからだ。

うわ、うつ病なんや！

ようやく探していたものを掘り当てたように、暗い迷路にひと筋の光が差し込んだ。と同時に冷たい汗が背中を流れる。

頑張れと言ってはいけない。

責めてはいけない。

一緒に暗く落ち込まないこと。

げげげ、わたしはぜんぶ反対をやっていたではないか。

その日から、彼が意味なく自分を責め始めると（俺なんかアカンとか）、彼の良いところを掘り返して、できるだけ具体的に口に出して告げるようにした。貂々さんが褒めたり、存在の必要性を認めることが良いと書いていたからだ。

また、将来のことを悲観し始めると（生きてても仕方がないとか）、妄想のような夢物語をつくって語って聞かせるようにした。きっと来年はこんな良いことがある。再来年はこんな良いことが起きるよ。

始めのうちは、そんなことあるわけないと否定して聞き流していた男も、わたしがしつこくしつこく繰り返すうちに、じゃあこれはどうなるん？　とわたしの繰り出す妄想に質問をしてくるようになってきた。その問いに詳細に答えていくうちに、夢物語はわたしにもなんだか現実のように思えてきた。語る言葉は力強さを増し、信憑性（しんぴょうせい）すら滲（にじ）んできた（ただの妄想話なのに）。

不思議なことに、物語が強さをもち始めると、小さくではあるが彼に変化が現れた。そうして少しずつ回復の兆しを見せてきたが、一人になると不安が強まるらしい。

その頃は平日もできるだけ彼の家に通って、寝られるような状態になると自宅に戻っていたわたしだが、ある日、夜も帰らないでここに住んでほしいと彼から頼まれた。

ううむ。それでは同棲ということになる。

その頃、実家では、病気の後遺症で障害を抱えた父を母が一人で介護していた。父は筋金入りのトラディショナルな人間である。三十半ばで一人暮らしの娘が同棲を始めたら、父は母を責めるだろう。お前の育て方が悪いとかなんとか。ただでさえ介護によるストレスの多い母に、どれだけ負担と心配をかけることになるか……。

それには籍でも入れて体裁を整えないと、わたしも両親に顔向けができない。

男にそう告げると、じゃあそうしたらええ。それでええから。

彼はきちんと思考できる状態ではなかったのだろう。選択肢がそれしかないから、それでええという成りゆき。バッキー井上さんの言う、「人生、行きがかりじょう」とはこのことだ。

常々、わたしは結婚はしないと話していたので、母はかなり驚いた。

そして偶然だが、彼が出演していたＮＨＫラジオで長年声を聞いていたらしく、「あの人、わたしも好きよ」と会ってもないのに喜んでくれ、もういい大人なのだから二人で決めたようにしたら良いと言ってくれた。でも父は、親の許しも得ずに結婚を決めてきた娘に我慢がならないようだった。

挨拶にもこないのか。結婚式はどうするんや。お前は勝手なことばかりや。

まあ、父親の気持ちを考えれば、そう責められても仕方ないことかもしれない。わたしも少し父に申し訳ない気がした。ただ調子の安定しない彼を両親に引き合わせることに不安しかなかったので、少し先に控えていたお正月の挨拶がてら、彼を実家に連れて行き両親に紹介することにした。

当日、実家に向かう移動中、案の定、彼は突然めまいを訴えて、つり革を握りしめた手が小さく震えて、頭から汗を流し始めた。あ、あかん。

今日はもう帰ろうと促したが、彼も気兼ねしているのか、大丈夫やと踏ん張っている。なんだか彼にも、両親にも申し訳なくなって、なにもかも放り出したくなった。結婚の報告だけどちっとも嬉しくない。

ぶすっとした父とは正反対に、母はにこにこと笑顔を浮かべながら彼を歓待してくれた。しかしながら、わたしはいまにも倒れそうな彼が気がかりで、胃がきりきりしていた。両親はあれこれ話したがったが（当然だ）、また来るからと適当に切り上げてそそくさと実家をあとにした。帰りの電車で彼は、ぐったりとシートに沈み込んでいた。

その夜、予想通り父から電話があった。具体的には口にしないが、「娘さんをください」的なやり取りがなかったことに憤っている。そういう型にはまったことはもういらないでしょうと、素っ気なく返した(いま思えば父が可哀想ではある)。彼の心身の不調については絶対に言えない。心配をかけるだけだから。

出足からつまずいたせいか、結婚後もわたしたち夫婦と父はあまり良い関係を築けなかった。結婚式は挙げず、お互いの近い家族で集まって、食事会をしただけで済ませた。わたしはそもそも結婚式に憧れたこともない。それも父には納得できなかったようだ。

ばたばたと籍を入れて一緒に暮らすようになって、精神科医の知人に会社員のうつ病をよく診るという医者を紹介してもらい、ようやく夫は診察を受けて、正式にうつ病の診断が下りた。ただ、重症ではなく比較的軽症であるとのこと。

投薬により、睡眠が以前よりまとまって取れるようになり、食欲も少しずつ回復していく。でも、良くなったかなと思う頃に、またドドンと落ち込み調子を崩す。例の発熱だ。結婚生活は毎日が曇り空のようにちょっと重たかった。ごく親しい友人には告げたが、明るい声で祝福されると、これははたしてめでたいのだろうかと複雑な気持ちになり、ほとんど誰にも言えなかった。

どうしてわたしまでしんどい思いをしないといけないのか。

時々、ふっと夫に愚痴をこぼしてしまうこともあった。彼が責められたことで、また間違いなく寝込んでしまうとわかっているのに……。

苦しい気持ちになると、貂々さんの『ツレがうつになりまして。』をぱらぱら捲り、貂々さんも同じようにツレさんにやつあたりをしてしまう場面を読み返した。どこかあっけらかんとしてへなっと描かれた漫画の線は、眺めるだけで力が抜けて、なによりもここに同志がいる。勝手に戦友でも見つけたように励まされて、心強かった。

この本と出会えなければ、わたしは夫のうつ病とどう付き合っていいのかわからなかっただろう。彼を精神的に追い詰めて、もしかすると最悪の事態だって起きていたかもしれない。想像するのも恐ろしい。

貂々さんは、文字どおりわたしたちの命の恩人なのだ。

比較的早期に投薬治療を受けたのも良かったのかもしれない。髪は真っ白になり、体温の急激な変化や激しい発汗などの原因のわからない不調はしつこく残ったけれど、十年ほど経ったあたりだろうか。気がつけばほとんど症状は姿を見せなくなっていた。

そろそろ結婚生活も十五年近くになってくる。わたしたちは幸せの絶頂で結婚したのではない。むしろどん底だった。そのおかげなのか結婚後いろんなしんどいことがあっても、いつも「でもいまのほうがまだ良い」と思えたりもする。

母が逝き、残された父の認知症が少しずつ進むと、それまで父を遠ざけていた夫が、不憫に思ったのか、自ら進んで将棋相手になってくれて、父は晩年それをなによりも楽しみにするようになった。夫と結婚したことは、わたしの数少ない親孝行のようにも思えた。困りごとは、当事者や周りを困惑させもするが、不思議と姿を変えて、困りごとなだけでなくなることもある。考えてみれば、いまのわたしはそうした困りごとがあったから、カタチづくられたのだとも思う。

そんな振り返りのような一冊が本書である（といま、気がついた）。

名久井さんも三島さんもそんな事情を知らないはずなのに、貂々さんの装画を提案くださったことに不思議なご縁を感じずにいられない。

ここに書いたほとんどのことは、わたし個人の体験だ。それが読む人にどんなふうに受けとめられるのかわからない。ただ、わたしが貂々さんの著書にヒントをもらったり励まされたり共感したように、手に取ってくれた誰かが心のどこかに居座っていたもやもやや、言葉にできなかった思いに目を留めて、そうしたものを抱えているのは「自分一人ではない」と感じてもらえたら。そのことを願っている。

連載中、原稿を送ると、「自分事」に引き寄せた心のこもった感想を速攻で返してくれた新居未希さんをはじめ、いつもにこにこ励ましてくれた田渕洋二郎さんや野﨑敬乃さんたちミシマ社の皆さんのおかげで、迷いながらの筆をなんとか運ぶことができました。

実は、連載の打ち合わせ当初に決めたテーマは、本書とはまったく異なるものだった。母の看護と看取りを経て、わたしの見たいもの、知りたいことが大きく変わり、想定していたテーマでは書けなくなった。

我慢強く待ってもらったあとに、新しく提案したテーマがこの「ほんのちょっと当事者」だったのだが、即答で「最高です！」とひと言返してくれて以来、いつも「最高です」と言い続けてくれた三島邦弘さん。単行本編集時も、次々とアイデアを手裏剣のように投げてくださった（ブスブス刺さって気持ち良かった）。きめ細やかな編集サポートが心強かった星野友里さん。大好きな本の多くを担当されてきた装丁家の名久井直子さん、大切な友人であり尊敬する仕事人でもある校正者の牟田都子さん、そして細川貂々さんにはまたまた助けていただきました。各章を読んで、貂々さんのインスピレーションのままに描いてくださったイラストは、大切な贈りものをいただいた気分です。

プライバシーの観点などから記述の仕方に迷ったとき、専門家の立場から相談に乗ってくださった方々にも末筆ながら感謝申し上げます。

最後に両親について。彼らはもうここに書かれた文章を読むことができない。本文中で書いたように、正直なところ、だから書けたことも多い。同時に、本当は父や母にこそ、わたしにまだまだ言いたいことがあっただろうと申し訳なく思っている。

母は終末期鎮静により意識が低下する前に、「わたしは子どもには恵まれた。みんなが幸せな家庭をもって良かった」と繰り返した。父は酸素マスクの奥からくぐもった声で「ありがと、ありがと」と口にして、老人ホームから帰るわたしたちにいつもそうしたように、「またな」という感じに右手を上げて、ほどなく長い眠りについた。わたしは彼らのように感謝の言葉を遺して旅立てるのだろうか。

これからも二人の声に耳を傾けるしかない。わたしがわたしであるための多くを与えてくれた両親に感謝します。

二〇一九年十一月

青山ゆみこ

引用・参考文献

『べてるの家の「当事者研究」』浦河べてるの家（医学書院）
『イラスト六法 わかりやすい自己破産』宇都宮健児（自由国民社）
『強欲の銀行カードローン』藤田知也（角川新書）
『消費者金融サービス業の研究』茶野努（日本評論社）
『耳鳴りに悩んだ音楽家がつくったCDブック』鈴木惣一朗（DU BOOKS）
『発達障害を生きる』NHKスペシャル取材班（集英社）
「全国疫学調査結果を用いた突発性難聴年間受療患者数の地域別検討」寺西正明他著（日本耳科学会）
KOMPAS 慶應義塾大学病院医療・健康情報サイト
日本経済新聞ヘルスUP
厚生労働省「平成二十八年国民生活基礎調査の概況」
『揺れるいのち 赤ちゃんポストからのメッセージ』熊本日日新聞「こうのとりのゆりかご」取材班編（旬報社）
『うちの子になりなよ ある漫画家の里親入門』古泉智浩（イースト・プレス）
『Black Box ブラックボックス』伊藤詩織（文藝春秋）
『「ほとんどない」ことにされている側から見た社会の話を。』小川たまか（タバブックス）
『男が痴漢になる理由』斉藤章佳（イースト・プレス）
「スポーツ界のハラスメントを許しているのは日本社会の風土だ」聞き手：神田憲行／Yahoo! ニュース特集編集部
『がんと命の道しるべ 余命宣告の向こう側』新城拓也（日本評論社）
『脳が壊れた』鈴木大介（新潮新書）

厚生労働省「がん対策について」
厚生労働省「知って、肝炎プロジェクト」
『睡眠障害のなぞを解く「眠りのしくみ」から「眠るスキル」まで』櫻井武（講談社）
『バイバイ、おねしょ！』冨部志保子（朝日新聞出版）
『新 おねしょなんかこわくない 子どもから大人まで最新の治療法』帆足英一（小学館）
『パート・派遣・契約社員の法律知識』藤永伸一（日本実業出版社）
『新しい労働者派遣法の解説 派遣スタッフと派遣先社員の権利は両立できるか』中野麻美・NPO法人派遣労働ネットワーク編（旬報社）
『困る前に必読のQ&A働く女性の労働法』第一東京弁護士会・人権擁護委員会・両性の平等部会編（ぎょうせい）
レイバーネットTV第130号「非正規が声をあげるとき」（改訂版）
れいわ新選組【動画&文字起こし全文】れいわ新選組街頭演説会19・7・6東京・新宿駅東南口
ハフポスト【参院選】元派遣労働者のシングルマザーが立候補へ。『ボロ雑巾のように捨てられた。世の中変えたい』
47NEWS「当事者が闘うしかない 渡辺照子さん連載企画『憲法 マイストーリー』第2回」
日本経済新聞「派遣社員、3年勤務なら時給3割上げ 厚労省が指針」
国税庁「消費税の仕入税額控除の方式として適格請求書等保存方式が導入されます」（平成三十年四月）

本書は、「みんなのミシマガジン」（mishimaga.com）に「ほんのちょっと当事者」（二〇一八年六月から二〇一九年十月）と題して連載されたものを再構成し、加筆・修正を加えたものです。

青山ゆみこ（あおやま・ゆみこ）

フリーランスのエディター／ライター。1971年神戸市生まれ。月刊誌副編集長などを経て独立。単行本の編集・構成、雑誌の対談やインタビューなどを中心に活動し、市井の人から、芸人や研究者、作家など幅広い層で1000人超の言葉に耳を傾けてきた。著書に、ホスピスの「食のケア」を取材した『人生最後のご馳走』（幻冬舎文庫）。

ほんのちょっと当事者

2019年12月3日　初版第1刷発行

著　者　青山ゆみこ

発行者　三島邦弘
発行所　（株）ミシマ社
郵便番号　152-0035
東京都目黒区自由が丘2-6-13
電話　03-3724-5616
FAX　03-3724-5618
e-mail　hatena@mishimasha.com
URL　http://www.mishimasha.com
振替　00160-1-372976

ブックデザイン　名久井直子
装画・題字
本文イラスト　細川貂々
印刷・製本　（株）シナノ
組　版　（有）エヴリ・シンク

ISBN　978-4-909394-29-3

好評既刊

上を向いてアルコール

「元アル中」コラムニストの告白

小田嶋隆

壮絶！なのに抱腹絶倒

「50で人格崩壊、60で死ぬ」。医者から宣告を受けて20年……なぜ、オレだけが脱け出せたのか？　「その後」に待ち受けていた世界とは？？　何かに依存しているすべての人へ。

ISBN978-4-909394-03-3　1500円

お世話され上手

釈徹宗

迷惑かけ合いながら生きましょ。

老いも認知症も、こわくない！　グループホーム「むつみ庵」を営み、お寺の住職かつ宗教研究者である著者が、「これからの救い」の物語を語る。

ISBN978-4-903908-84-7　1600円

日帰り旅行は電車に乗って　関西編

細川貂々

もう、休日の過ごし方に悩まない！

小学生の息子と一緒に、春夏秋冬ぶらりと楽しむ電車の旅を綴るコミックエッセイ。なんの準備もせず、ほんのちょっとの運賃で、夢の時間がやってくる。

ISBN978-4-909394-04-0　1500円

（価格税別）